小説 翔んで埼玉
〜琵琶湖より愛をこめて〜

原作 魔夜峰央

脚本・著 徳永友一

宝島社
文庫

宝島社

小説

翔んで埼玉

～琵琶湖より愛をこめて～

ア…
アホか…

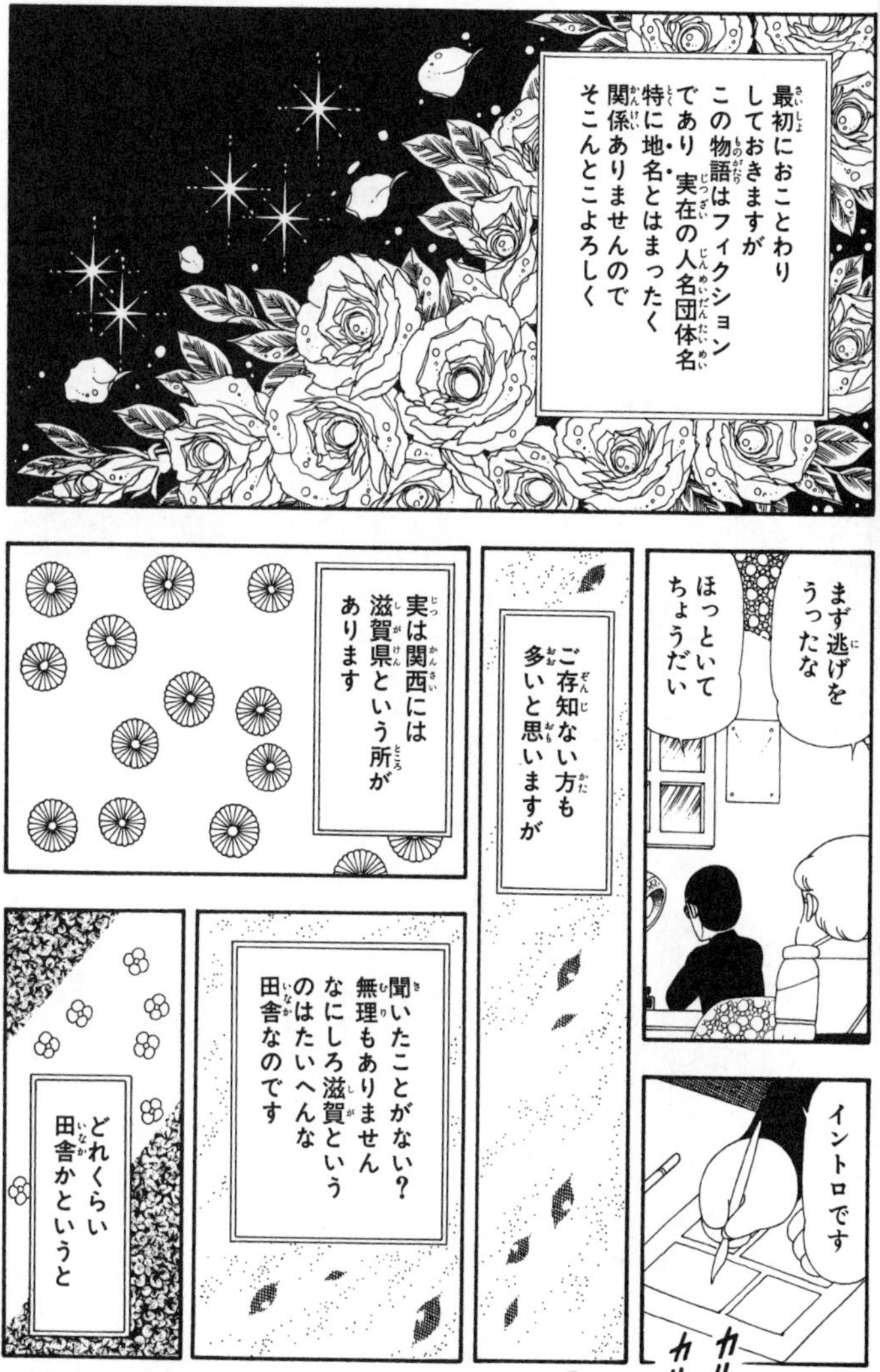
最初《さいしょ》におことわりしておきますが
この物語《ものがたり》はフィクションであり 実在《じつざい》の人名団体名《じんめいだんたいめい》
特《とく》に地名とはまったく関係《かんけい》ありませんのでそこんとこよろしく
まず逃《に》げをうったな
ほっといてちょうだい
ご存知《ぞんじ》ない方《かた》も多《おお》いと思《おも》いますが
実《じつ》は関西《かんさい》には滋賀県《しがけん》という所《ところ》があります
イントロです
カリ
カリ
聞《き》いたことがない？
無理《むり》もありません
なにしろ滋賀《しが》というのはたいへんな田舎《いなか》なのです
どれくらい田舎《いなか》かというと

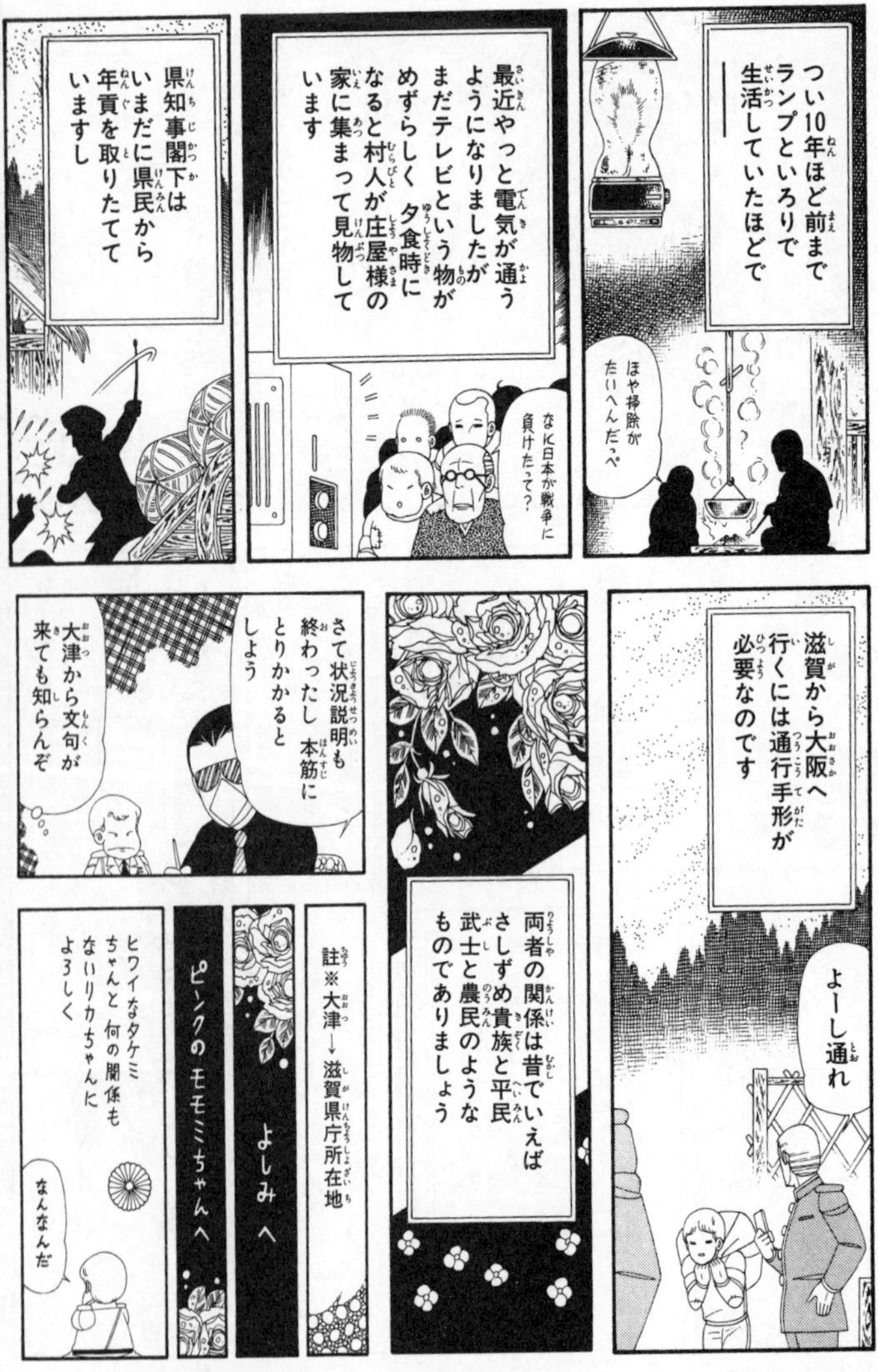

つい10年《ねん》ほど前《まえ》まで
ランプといろりで
生活《せいかつ》していたほどで
――
ほや掃除が
たいへんだっぺ
最近《さいきん》やっと電気《でんき》が通《かよ》う
ようになりましたが
まだテレビという物《もの》が
めずらしく 夕食時《ゆうしょくどき》に
なると村人《むらびと》が庄屋様《しょうやさま》の
家《いえ》に集《あつ》まって見物《けんぶつ》して
います
なに日本が戦争に
負けたって？
県知事閣下《けんちじかっか》は
いまだに県民《けんみん》から
年貢《ねんぐ》を取《と》りたてて
いますし
滋賀《しが》から大阪《おおさか》へ
行《い》くには通行手形《つうこうてがた》が
必要《ひつよう》なのです
よーし通《とお》れ
両者《りょうしゃ》の関係《かんけい》は昔《むかし》でいえば
さしずめ貴族《きぞく》と平民《へいみん》
武士《ぶし》と農民《のうみん》のような
ものでありましょう
さて状況説明《じょうきょうせつめい》も
終《お》わったし 本筋《ほんすじ》に
とりかかると
しよう
大津《おおつ》から文句《もんく》が
来《き》ても知《し》らんぞ
註《ちゅう》※大津《おおつ》→滋賀県庁所在地《しがけんちょうしょざいち》
よしみへ
ピンクのモモミちゃんへ
ヒワイなタケミ
ちゃんと 何の関係も
ないリカちゃんに
よろしく
なんなんだ

小説 翔んで埼玉
～琵琶湖より愛をこめて～

目次

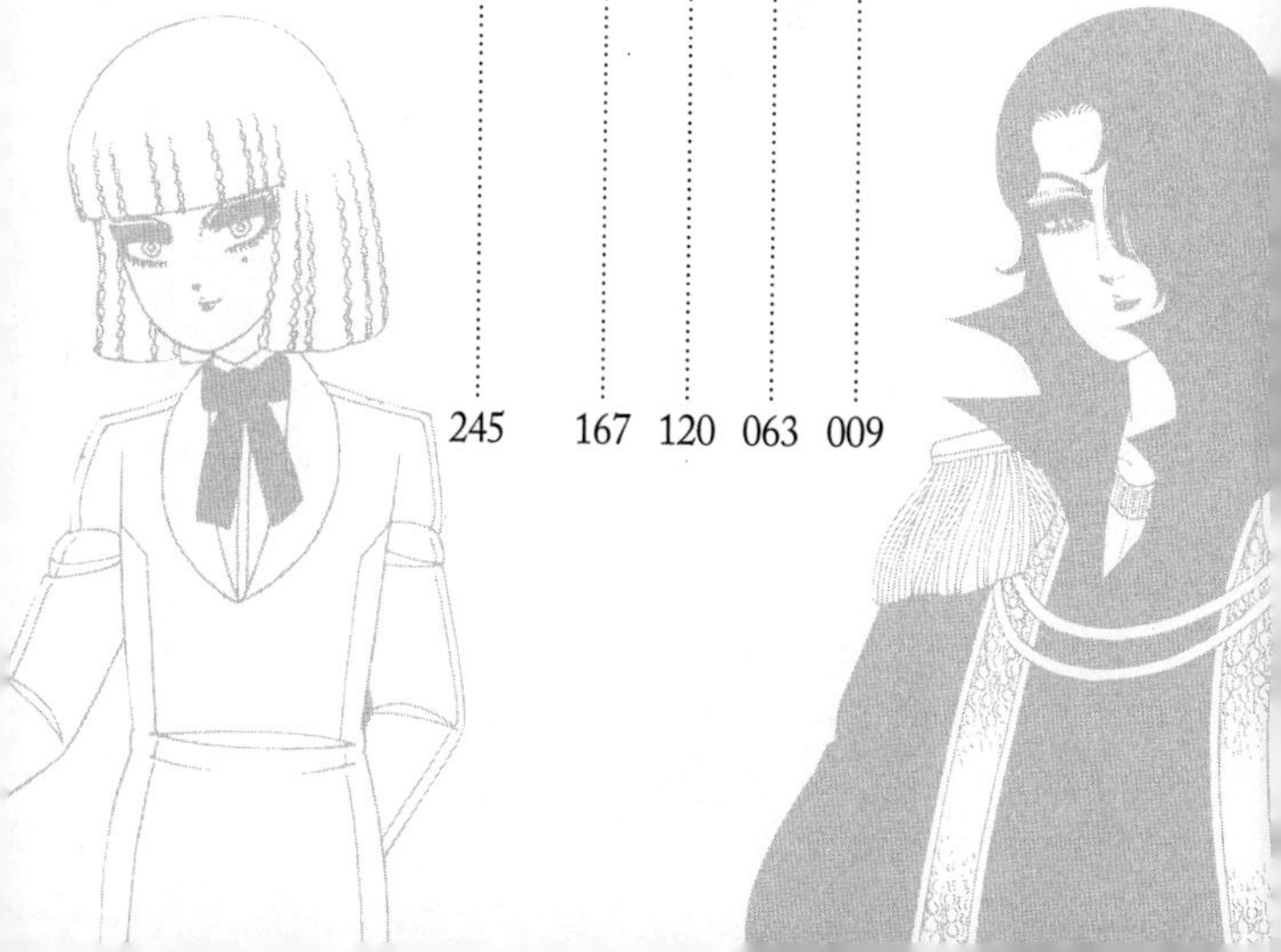

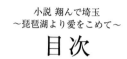

壮大な茶番劇の末に、東京への通行手形を撤廃し関東の平和を勝ち取った埼玉解放戦線。

時は、それから三ヶ月後のことである。麗が率いる埼玉解放戦線は更なる平和を求め活動を続けていた。

第一章

I

真夏の焼き付けるような強い日差しがアスファルトを照らしつけている。埼玉県の熊谷《くまがや》へと向かう田舎《いなか》道。見渡す限りどこもかしこも畑、畑、畑……。人一人歩いていない田舎道を、ひた走る一台のワゴン車がある。その車内、カーラジオから聴こえている曲は、埼玉県のご当地ソングである『人生たまたま…さいたまで』。

車を運転しているのは、〝熱くなろ！　与野《よの》〟とプリントされた白いTシャツを着ている男、内田智治《うちだともはる》だ。髪をしっかり整え誰もいない道でも法定速度をしっかりと守って車を走らせる実直な男である。それもそのはず、智治はさいたま市の市役所職員なのだ。

「依希《いの》？　お腹のほう大丈夫？　休憩していく？」

助手席に座っていた妻の直子《なおこ》が後部座席の方を気にしながらそう声をかけた。動きやすそうなラフなボーダーシャツとパンツ姿、髪を後ろで結び化粧は薄め。決して派手ではないがとても整った顔をしている。

後部座席で『男の子の名前辞典』を読んでいるマタニティウェア姿の女性は若月依希《わかつき》だ。すでに臨月に入っておりお腹が大きく出ている。髪は綺麗《きれい》なストレートのボブヘア。キリッとした綺麗な瞳をしている。智治と直子の娘であり、今はさいたま市与野にある実家に里帰り中だ。

「うん、大丈夫」

依希は本を見たままそう答えた。それに横槍《よこやり》を入れたのは智治だ。

「休憩なんてしてる時間ないだろ。もう大会が始まってるんだぞ」

「自分が悪いんでしょ。大切な備品を市役所に忘れたりなんかするから」

直子は『第一回・埼玉熱闘綱引き大会　IN熊谷あおぞら競技場』と書かれた紙を手にしている。今日は横の繋《つな》がりが薄いと言われ続けている埼玉県の親睦を深めるために、埼玉県内の各地域を集めた綱引き大会が開かれる日であった。

「何もわざわざ熊谷でやることないのに」

紙に書かれた〝熊谷〟の文字を見ながら、直子が嘆くように口にした。内田家がある与野からすでに1時間以上も車を走らせている。

「熊谷は県知事の地元なんだ。県知事肝いりのこの企画を成功させれば、課長の座もそう遠くはない」

智治は実直な性格ではあるが、野心はしっかりと併せ持っている男だ。

「ねぇ、何か暑くない？」

依希が初めて目線を上げて口を開いた。

「ちょうど今熊谷に入ったからでしょ」

そう言うと直子がエアコンのスイッチを捻《ひね》り一番下の温度まで下げた。夏の熊谷と言えば、言わずと知れた全国屈指の猛暑地だ。最高気温41・1度を記録したこともある。度々、〝暑い町〟としてメディアに取り上げられている。それぐらいしか取り上げることがない……とも言えるのだが。

「でも、本当おかしいわよね。大宮《おおみや》も浦和《うらわ》も与野も、今は同じ〝さいたま市〟なのに。何で別々で戦わなきゃいけないのか」

直子がふと疑問を口にした。〝さいたま市〟が誕生したのは平成13年5月1日のことである。それまでは浦和市、大宮市、与野市と3つに分かれておりその3つを合併して出来たのが〝さいたま市〟なのだ。しかしそこには……今もなお続くそれはそれはとても根深い問題が潜んだままだ。

「直子。うちはともかく、大宮と浦和には一緒にはなれない根深い因縁があるんだ」

智治の表情が一瞬にして曇ったのがわかる。

「因縁って?」

〝さいたま市〟の歴史に疎い依希が聞き返した。

「俺の口からはとてもじゃないが言えん。ネットで調べてくれ」

智治はそう口にしながら身震いで体を揺らした。それほど根深い〝因縁〟なのか……。

そんな話をしていると、音楽が鳴り止みカーラジオからDJの声が聞こえてくる。

〝お聞き頂いたのは、埼玉のご当地ソング『人生たまたま…さいたまで』でした。さて、今日のNACK5は以前お話しして大好評を得た埼玉にまつわる都市伝説・第二章をお届けします。麻実麗《あさみれい》たちはいかにして、日本を埼玉化していったのか〟。

「あったな、あのくだらない話。与野の扱いが本当に酷《ひど》かった」

鼻を鳴らしながら智治が言う。あの都市伝説は市役所内でもちょっとした話題になったことを覚えている。

「取り上げてくれただけいいでしょ。何もないんだから」

直子は直子で近所に住む与野の奥さんたちとのランチ会で、この都市伝説の話をしたことがある。大宮と浦和に挟まれた与野の立ち位置が絶妙だったと笑って話していたのだ。その中、埼玉にまつわる都市伝説などに全く興味がないのが依希だ。

「ねぇ、琉球《りゅうきゅう》王国の琉に空って書いて、琉空《りく》って名前どう？　健ちゃんも私も沖縄大好きだし」

今、依希が何よりも興味があるのが来月には生まれるお腹の中の男の子の名前を何にするかである。

「なんかちょっと、安易すぎない？」

直子がそう口にする。

「えー。健ちゃんは琉空がいいって言ってるんだけど」

せっかく決めかけた名前に横槍が入り依希がムクれた。カーラジオからはＤＪの声が続いている。〝埼玉解放戦線の活躍によって、通行手形制度は撤廃され、蔑まれていた埼玉には平穏な日常が訪れていました〟。

埼玉県大宮駅。と言っても、ここは伝説の中の大宮駅だ。大宮の駅前に立つショッピングセンター〝アルシェ〟は、馬小屋を改築して造ったような小さな店であり、その前で青い半被《はっぴ》姿の店主が、もんぺ姿の埼玉県人たちに風呂敷や地下足袋《じかたび》など生活用品を叩《たた》き売りしている。駅舎は埼玉の都心部と謳《うた》われているのが信じられぬほどオンボロであり、駅員たちが改札で一人一人切符を切っているのが見える。

〝東京行き〟の電車に乗って行く埼玉県人たちの姿もまたもんぺ姿といった典型的な田舎人の格好だ。

一転して煌《きら》びやかなビル群が見える屋上。ここは池袋《いけぶくろ》の一角にあるビルの屋上であり、埼玉解放戦線のアジトとして使っている場所だ。そこにはホワイトボードが置かれており、古びた埼玉の大きな地図が貼られている。

その前で話しているのは、あの壇ノ浦百美《だんのうらももみ》だ。前都知事の息子であり、港区《みなと》にある超名門私立高校の白鵬堂学院《はくほうどうがくいん》で生徒会長を務め、将来を嘱望されていたにもかかわらず通行手形制度を撤廃し、今や埼玉解放戦線員として麗とともに日本埼玉化計画を推進している。意志の強そうなキリッとした瞳をしており、前と変わらず金髪にボブカット。上下に白いスーツを、足元は白いブーツを履いている。

「埼玉県人の弱点。それは横の繋がりが薄いことだ！」

百美がホワイトボードをバン！　と叩くとそう声を張り上げた。百美の前には欠伸《あくび》をしたりスナック菓子を食べたり寝ていたりする、埼玉県の各市町村の支部長たちの姿がある。百美の横に立っているのは、百美と同じ高校に通いながら埼玉解放戦線の若きリーダーでもある、麻実麗だ。長身であり、鍛えられた肉体と、適度に焼けた肌と長く綺麗な紫色の髪をしている。そして黒のマントを羽織っている。

麗は百美の隣でジッと支部長たちの様子を窺《うかが》っているように見える。

「そこで、僕の愛する麗が考えたのが埼玉を繋ぐこの新路線の開通計画だ。名付けて……」

と言うと、百美が隣に立つ麗を見た。

「武蔵野線《むさしの》だ」

麗はそう口にすると、〝武蔵野線〟と書かれた白いマグネットシートをホワイトボードに貼りつけた。すかさず、百美が拍手をすると麗にしなだれかかりながら言う。

「さすがは僕の愛する麗！　ナイスネーミングだ」

そんな百美に応えるかのように麗がウインクをした。だが、支部長たちの反応はすこぶる悪い。それどころか、誰もが〝微妙なネーミングだ〟とさえ思っている節がある。

「どうしたんだよ、みんな？　麗がナイスネーミングをつけたんだぞ？　もっと盛り上がれよ」

百美が支部長たちを焚《た》きつけるように口にした。

「いや、必要っすかね……？　埼玉に横の繋がりなんて」

大宮支部長が答えた。その発言に耳を傾ける麗。

「何言ってんだよ？　必要に決まってるだろ」

百美がそう口にするが、今度は浦和支部長が口を開く。

「通行手形は撤廃された。もうそれでいいじゃないすか」

すると、張り合うかのようにまたしても大宮支部長が割って入ってくる。

「横の繋がりって言われてもね、うちが浦和さんと相容れることなんてありませんから」

そう言うと、大宮支部長が横目で浦和支部長を見た。

「うちもだ。大宮と仲良しごっこする気なんてない」

浦和支部長も負けじと口にすると横目で大宮支部長を見た。そんな小競り合いを麗は黙って聞いている。

「僕らはもう、自由に東京で遊べるんです。それ以上は何も求めていません」

川口《かわぐち》支部長が口を挟むと、それに頷《うなず》く支部長たち。

「よし、話は以上だな。俺はもう帰る。これから高田馬場《たかだのばば》のコットンクラブにモスコミュールを飲みに行くんだ」

大宮支部長が得意げに口にした。かつては通行手形制度があったばかりに東京に自由に行き来することができなかった。しかし今は違う。東京でお洒落《しゃれ》なお酒を飲むことが自分自身のステイタスを上げるみたいで週に一回は必ずコットンクラブに通い詰めているのだ。

「私はこの前、西日暮里《にしにっぽり》のブルームーンで初めてソルティドッグを飲みましたよ」

与野支部長がやはり負けじと口を開いた。正直お酒の味などわからない。東京で飲む〝ソルティドッグ〟、その響きだけで毎度酔っているのが現状だ。と、すかさず「与野はすっこんでろ！」と大宮支部長と浦和支部長からツッコミが入る。

東京自慢を皮切りに支部長たちが東京のどこで何を飲んだのかの自慢大会が始まってしまう。

「何てレベルの低い争いを……。バカすぎる」

百美が吐き捨てるように口にした。そんな支部長たちを、麗はジッと見つめたままだ。

そこへ、Z組の生徒であり今は埼玉解放戦線の一員となった下川信男《しもかわのぶお》と松本《まつもと》うめ、そして麗の家政婦であるおかよが駆け込んで来た。

「麗様！　大変です！」

信男が深刻そうな顔をしながら口にした。

「どうした?」

麗が聞くと、おかよが答える。

「大宮駅前で暴動が起きてます！」

大宮駅の駅舎に張り紙が貼られている。木造で出来たいつ崩壊してもおかしくないような小さなオンボロの駅舎だ。〝ストライキのお知らせ　武蔵野線開通に抗議し、運休いたします〟と書かれている。その前で暴れている埼玉県人たちがいる。それを警察官たちが必死に取り押さえている。「離せよ！　池袋に行かせろって！」。警察官に取り押さえられながらも叫ぶ埼玉県人。中には泣きじゃくっている小学生の男の子を連れた母親らしき女性の姿もある。「今日は子供の誕生日なんです！　お願いします！　赤羽《あかばね》でお祝いさせて下さい！　お願いします！」。母親らしき女性が警察官にしがみつきながら頼み込んでいる。「東京の空気を吸わせろ！」そう言うと、埼玉県人たちが警察官たちに一斉に突進していく。

＊

信男が言う。

「各鉄道会社がストライキしたせいで、東京へ行けず路頭に迷った埼玉県人たちが暴徒化を……」

〝暴徒化〟と聞き、麗の眉が少し動いたのがわかる。

「え、何でストライキが？」

百美が聞き返すと、麗が口を開く。

「武蔵野線を開通するために、鉄道会社には資金提供を頼んでいたんだ」

麗の言葉に驚く百美たち。それは百美も知らなかったことであった。

「だが、武蔵野線を作るぐらいなら、その資金であの夢の王国・東京ネズミーランドへの直通列車を作ると訴えてきていた」

麗が続けて口を開いた。〝東京ネズミーランド〟は、埼玉県人たちがこぞって出かける千葉にある大人気スポットだ。キャラクターたちによる盛大なパレードと数多くのアトラクションで来るものたちを魅了してくれる。

「嘘《うそ》だろ？　埼玉の繋がりよりもネズミの方が大事だって言うのかよ⁉」

百美がすかさずツッコむと、浦和支部長が言う。

「そりゃそうだろ。埼玉県民の日には、ほぼ全ての埼玉県人が東京ネズミーランドに行く」

浦和支部長の発言に〝ウンウン〟と頷く他の支部長たち。

「……麗？　どうするんだよ？」

解決策が見えない百美が麗を頼るように見つめた。麗は何かを考えているのか遠くを見つめている。

「このままじゃ、横の繋がりどころか、埼玉はもっとバラバラに……」

麗がまだ遠くを見つめている。

「麗！」

黙ったままの麗を促すように百美が叫ぶと、麗は不安がる百美を優しく抱き寄せた。

「わかってる。だからずっと考えていたんだ」

麗に抱き寄せられたことで、百美はウットリした表情で麗を見上げた。

「何をだよ……？」

「どうやったら、埼玉県人の心をまた一つに出来るのか」

何かを決意したのか麗は覚悟を決めた時の表情をしている。

「どうするって言うのさ？」

百美の問いに、麗はそっと百美を引き離すと信男たちや支部長たちを見回してから静かに口を開く。


「埼玉に海を作る！」


唖然《あぜん》とする信男たちや支部長たち。だが麗の表情は至って真面目だ。

「しょ、正気かよ……!?」

衝撃の発言に百美は仰《の》け反《ぞ》りながら何とか口を開いた……。

「埼玉を武蔵野線で繋げ一つになる場所。ここ、越谷《こしがや》に！」

麗は埼玉県の地理が載っている古びた地図を取り出すと、〝越谷〟を指差した。

「おー！」と盛り上がる支部長たち。

「海を作るって言うなら話は別だ。うちは協力する！」

大宮支部長がそう言うと、「うちもだ！」と浦和支部長がそれに続く。

「あ～、早く海パン穿《は》いて砂まみれになりてぇよ」

〝海〟を妄想しているのか、ニヤケながら与野支部長が口にする。

〝海〟というワードだけで、あれほどまとまりのなかった支部長たちの心が一つになっている。麗はそんな支部長たちを微笑《ほほえ》ましく見ていた。

「すごいぞ、麗……！　一気に埼玉の心をまた一つに！　でも……、一体どうやって海を作るのさ？　まさか、また茨城の大洗《おおあらい》から海水を引こうなんてことを……？」

麗の手腕に感心しつつも、百美が素朴な疑問を麗に投げかけた。

「いや、海岸から砂を持ち帰り、広大なビーチを作るんだ」

麗が真剣な眼差しでそう口にした。

「ビーチ！　何て妖艶な響きなの……！　子供を連れて遊びに行きたい」

〃ビーチ〃にすぐさま反応したのはおかよだ。

「ああ。パラソルの下で日焼け止めを塗ってみたいよな！」

信男もおかよに続いて反応した。パラソルの下で寝転がって日焼け止めを塗る。海なし県の埼玉では一生できない夢のようなひと時を信男は想像していた。

「俺はビーチでグラサンかけてブルーハワイを飲むぞ！」

そう言うと、大宮支部長はブルーハワイを飲む口をして見せた。信男たちの頭の中は、ビーチに支配されている。盛り上がる信男たちに影響されたのか、百美も目を細めビーチを思い浮かべていた。

「僕は！　パラソルの下で愛しの麗と熱いキスを……」

百美が麗に向けて唇を差し出した。麗はそんな百美を抱き寄せると言う。


「名付けて、しらこばと水上公園だ」

「おー！」と盛り上がる信男たち。

「麗様！　大至急、千葉に協力要請をしましょう！」

信男が口を開く。ビーチを作るのに必要な海岸の砂を千葉から分けてもらおうと思ったのだ。だが、百美が唇を尖《とが》らせる。

「え～、麗～、千葉の砂は黒いよ？　僕はそんなピーナッツ臭い黒い砂の上で麗と過ごすなんて嫌だよ」

今は埼玉解放戦線の一員ではあるが、そこは腐っても上流階級の百美だ。砂にもこだわりを持ちたかった。麗はそんな百美を宥《なだ》めるように再び抱き寄せると、「わかってる」と優しく耳元で囁《ささや》いた。

「麗……」

百美がウットリと麗を見上げた。麗が近くにいるメイドに「あれを」と何やら指示をすると、「こちらになります」とメイドが古びた日本地図をテーブルの上に置いた。日本地図と言っても、ザックリとした地形と判明しているだけの県名だけが書かれた簡易的なものだ。百美たちが何事かと地図に注目すると、麗が口を開く。

「ここ、遥か西の地に和歌山という未開の場所がある。そこには、それはそれは美しい砂を持つ〝白浜《しらはま》〟という地があるらしい」

麗の言葉で百美たちが目を見開き地図上にある〝和歌山〟らしき場所を見つめた。

そして、麗が力強く宣言する。


「船に乗り、白浜の砂を持ち帰るんだ」


「おー！」と信男たちからどよめきとも取れる歓声が沸き起こる。

「海の上を走るなんて夢のようだ……」

川越《かわごえ》支部長がそう口にすると、ウンウンと他の支部長たちが頷いた。

「麗と旅に出れるなんて……。まるでハネムーンじゃないか！　麗、すぐに準備しよう！」

百美はすっかり旅行気分になり浮かれている。だが、そんな百美を制するように麗が言う。

「いや。百美、お前は東京に残るんだ」

「何でさ？　愛する麗と離れるなんて嫌だよ！」

突然麗に突き放され、百美は激しく抵抗した。

「これはハネムーンじゃない。危険な冒険だ。いつ戻って来られるかわからない」

麗がいつになく真剣な表情で百美を見つめながらそう口にした。

「麗……」

「百美、お前を巻き込みたくはないんだ」

麗は両手で百美の肩を摑《つか》むとしっかりと百美を見つめた。

「麗……」

自分を想う麗の気持ちが、百美にも痛いほど伝わってきていた。

「百美、お前はここに残り、鉄道会社の者たちを説得し、ストライキをやめさせてくれ。これはお前にしかできない」

「だからって、愛する麗と離れるなんて……」

麗の気持ちはわかっている、わかっているが、それでも麗とひと時も離れたくない。

それが百美の本心だ。その時、麗が百美を強く抱きしめた。

「麗……!?」

「頼む、百美」

百美は麗の温もりを感じていた。それと同時に、麗だって自分と離れるのはとても辛いのだと理解した。

「わかったよ……。じゃあ、無事に砂を持ち帰ってきたらパラソルの下で熱いキスを……」

百美が麗に唇を差し出しながら口にした。

「ああ、わかってる」

麗はそう言うとそっと指で百美の唇をなぞった。

「向こうに着いたらちゃんと連絡をくれよ……？」

百美はしばしの別れを惜しむように目を潤ませながら麗を見つめている。

「ああ」

「絶対に絶対に約束だぞ？」

「ああ、約束だ」

麗と百美は名残《なごり》惜しそうに再び抱きしめ合った——。


走る車の中から聞こえてくるDJの声。〝こうして、麗たちは百美を残し、未開の地・和歌山の〝白浜〟を目指して、航海の旅に出ることになったのです〟。

「またくだらんのが始まったな。二度もやる話じゃないだろ」

智治が吐き捨てるように口にする。

「ねぇ、胎教のCD入ってるからそれかけて」

依希が名づけ本を読みながらそう言うと、直子がそれを遮った。

「待って！　今回って関西に行く話っぽくない？」

直子の生まれは埼玉県の川口市だが、両親が滋賀出身ということもあり、幼い頃から滋賀によく遊びに行っていた。関西と聞くとどこか親近感が湧くのだ。

「何だか奥底で眠っている関西人の血が騒いできたわ」

直子はそう言うとラジオの音量を上げた。

「関西人って、おじいちゃんとおばあちゃんが滋賀出身ってだけでしょ。それに、どうせ滋賀なんて出てこないから」

依希がどこか小馬鹿にした口調で言うと、智治も笑いながら口を開く。

「湖しかないからな。話に絡みようがない」

そんな智治と依希にムッとする直子。

「あの和歌山でさえ出てきたのよ？　滋賀だって出てくるかも知れないでしょ。聴きましょう」

何を言われようと関西が出てくると知った以上は、このラジオを聴くというスタイルを曲げる気はない。

海に停泊している船が見える。ここは千葉県金谷港《かなや》だ。船の上で揺れる〝落花生〟と書かれた旗が見える。その前にやって来ているのは、風呂敷や都内で買い物をした時のお土産《みやげ》用の袋に荷物を入れた信男らZ組の面々とおかよ、そして支部長たちだ。まるで修学旅行に行く学生のようにみんなウキウキしている。

「落花生……？　麗様、この船は？」

信男が前方に立っている麗に問いかけた。

「千葉解放戦線から借りた。船長付きでな」

麗がそう答えると、「船長？」とおかよが首を傾げた時だった。「うちらに任せな！」と背後から女性の声が聞こえる。麗たちが声の方を振り返ると、千葉解放戦線員であり、リーダーの阿久津翔《あくつしょう》の側近であるサザエとアワビがやって来た。その格好は相変わらずで、上下は海女《あま》さんが潜る時に着る肌着によく似た白いいそじゅばん、頭部は白いあたまかぶりを被っており、その上に水中メガネをつけている。

「船の操縦はうちらがする」

自信満々の表情でサザエがそう言うと、麗が不思議そうな顔をしながら聞く。

「阿久津はどうした？」

麗の問いに、サザエとアワビがさっきまでとは打って変わって気まずそうに目を逸らす。

「千葉解放戦線のリーダーだっただろ？」

なおも問いかける麗だが、サザエとアワビは神妙な顔で首を横に振るばかりで何も答えようとしない。

「どうしたんだ？　阿久津に何があった⁉」

麗は阿久津に何か深刻な事態が起きたのでは？　と阿久津の身を案じるが、サザエとアワビは頑《かたく》なに口を閉ざしている。

「おい？」

麗が何とか二人から阿久津に何があったのかを聞き出そうとする。

「出航の時間だ。早く乗れ！」

サザエがそれを遮るように声を張り上げると船へと歩き出した。

「麗様。行きましょう！」

信男がサザエたちに続いて言う。阿久津のことが気になりはするが、ここで立ち止まっているわけにはいかない。

「お前たち、船に乗るんだ」

麗が振り返りそう口にすると、〝海だ……〟、〝潮風が気持ちいい〜〟とはしゃいでいる支部長たちの姿が目に入ってきた。すっかり海を堪能《たんのう》している支部長たちに麗の声は届いていない。

「お前たち！」

麗が今度は声を張り上げ口にした。その声でやっと我に返る支部長たち。

「行くぞ。いざ、和歌山へ！」

麗はそう口にすると、両手をクロスさせて人差し指と親指で輪っかを作ってみせた。埼玉県人の証を象徴する〝埼玉ポーズ〟だ。みんなも麗に続き、「おー！」と埼玉ポーズを決めた。

＊

帆を開き大海原《おおうなばら》に向かってたくましく出航していく五艘《そう》の船。その先頭を走る船の甲板には、麗、信男たち、おかよ、支部長たちら埼玉解放戦線員とサザエとアワビ、総勢十五人ほどが乗っている。今、麗たちの新たな冒険が始まろうとしていた。

Ⅱ

大海原を勇ましく走っている船。だが、その甲板《かんぱん》では早速悲惨な事態が起きていた。普段全く海に親しんでいない埼玉解放戦線員たちはすっかり船酔いをし、海に向かって吐いていたのだ。船酔いをしていないのは、麗とサザエとアワビだけである。

甲板で吐き続けている信男の元に、「大丈夫か？」と麗がやって来て声をかけた。

「海の上がこんなに揺れるだなんて……」

そう口にする信男の顔は、船酔いのせいで青ざめているように見える。

「これが……噂《うわさ》で聞いていた船酔いか……」

船酔いで苦しんでいるはずの与野支部長であるが、どこか嬉《うれ》しそうにそう口にした。

「なぜ……麗様は船酔いにならないのですか……？」

たった今吐き終えたばかりの、うめが麗を見て問いかけた。

「幼き頃から米国に渡り、マイアミビーチでよく遊んでいたからな」

麗は埼玉出身の身でありながら、埼玉臭を消すために幼い頃に米国へと渡っていた。

つい三ヶ月前までは埼玉というだけで東京から蔑まれ、東京へ行くのには通行手形が必要であった。それを変えるために徹底した幼少教育を受けてきたのだ。

「さすがは麗様……うっ」

深谷《ふかや》支部長が口を開くと再び吐き気を催した。そんな埼玉解放戦線員たちを見て笑うのは、日頃から海に親しんでいるサザエとアワビだ。

「情けない連中だ。さすがはダ埼玉県人だな」

サザエが鼻で笑いながら口にした。

「何だと⁉」

大宮支部長が吐き気を必死に我慢しながら立ち上がる。

「もう一度言ってみろ！」

信男も大宮支部長に続いて立ち上がった。

「やめろ、お前たち」

麗がすかさず間に入る。これから一緒に旅をする仲間同士だ。こんなところで埼玉と千葉の小競り合いをやっている場合ではない。だが、サザエの口は止まらない。

「何度だって言ってやる。海もなければ、特出した観光名所もない。それがダ埼玉だ」

信男ら埼玉解放戦線員が一斉にサザエの方を向いた。

「その点、千葉には観光名所がいくつもある」

サザエに続いて今度はアワビが口を開いた。何か……何かを言い返したい。それは信男たち埼玉解放戦線員たち全員が思っていることであった。しかし、確かに埼玉には目立った観光名所などない。その結果、信男たちはただ目を逸らすことしかできずにいる。そんな信男たちの姿を見て、ため息を吐《つ》く麗。

「その証拠に千葉には展望タワーがそこかしこに立っている」

すでに弱っている信男たちだが、アワビは手を緩めずなおも畳み掛ける。

「やめろ……」

思わず信男が口を開いた。

「千葉ポートタワー、銚子《ちょうし》ポートタワー」

サザエがアワビに続いて口にする。

「それ以上言わないで……」

うめが耳を塞ぎながら悲痛な声で言った。だがアワビはそれでも手を緩めない。

「袖《そで》ケ浦《がうら》海浜公園タワー、九十九里《くじゅうくり》ビーチタワー」

うっ……と、苦しみと悲しみ、そして恥ずかしさが混合して胸が張り裂けそうな信男たち。最後にサザエが止《とど》めを刺すように口にする。

「埼玉にタワーはあるのか？」

信男たちが顔を見合わせると言う。

「……ない！」

言わなければいいのに、信男がつい余計なことを付け足す。

「登ったところで見る物が……」

「ない！」

こちらも答えなければいいのに支部長たちが声を合わせて口を開いた。東京との戦いを経て少しは埼玉に誇りを持ったと思っていたが、相変わらず自分たちを卑下する信男たちを見て麗は情けない気持ちになっていた。その時であった。ザザザっと雑音がすると船内の無線から女性の声が聞こえてくる。

「みな……さん……立ち上が……危機が……時間が……」

その声は途切れ途切れで聴き取りづらい。それでも耳当たりの良い美声であることだけはわかる。美声が続く。

「あ〜、何だか酔いが覚めてくる……」

浦和支部長はすっかりその美声に酔いしれていた。

「早く助け……」

〝助け〟というワードに麗が引っかかる。助けを求めているのか⁉　と。美声が続く。

「……かやま……」

「え？　おかやま……？」

大宮支部長が聞き返すように口にする。美声が続く。

「わかやま……」

「和歌山⁉」

聴き取った麗が口にした。美声が続く。

「アポ……ロン……」

「救いを求めてるんじゃないか？」

麗がどこか確信したかのようにそう言った時であった。ガタン！　と船が大きく揺れる。うわっ！　と驚き声をあげる信男たち。

サザエとアワビが慌てて双眼鏡で空を見上げると、空がどす暗い雲で覆われていることに気が付く。

「まずい……。嵐だ！」

アワビが声を張り上げ言った。と同時に、船が左右に激しく揺れ始める。立っていられずに倒れる信男たち。あちこちに体が打ちつけられ「うっ！」と支部長たちのうめき声も聞こえる。その中、麗は必死に柱にしがみつきながら叫ぶ。

「摑まれ！」

船内に響く麗の声。

瞬く間に空は暗くなり、海には突風が吹き荒れ、横殴りの激しい雨が降り始めている。

船内は大きく激しく揺れ続けている。ガシャン！　と羅針盤が倒れて壊れると、船内の灯《あか》りが一斉に消えて暗闇となる。聞こえるうめの悲鳴。

麗たちは必死でその辺のものにしがみついているが、それでも体を持っていかれて次々に倒れていく。倒れている大宮支部長の体に海水が迫ってきた。

「お、おい！　海水が入ってきたぞ！」

大宮支部長が叫んだ。流れこんできた海水で足を取られ、海に慣れているアワビとサザエだけでなく、あの強靭《きょうじん》な肉体を持つ麗さえも立っていられずにいた。恐怖に怯《おび》える信男ら埼玉解放戦線員たち。船内は阿鼻叫喚《あびきょうかん》の地獄絵図と化していた。

「お前たち、しっかり摑まれ……！」

暗がりの中で聞こえる麗の叫び声が虚《むな》しく船内に響く。

嵐の中で揺れている船が大きな波に飲みこまれて消えていった——。

Ⅲ

誰もいない静かな海岸。嵐が去った後の空はとても青く澄んでおり穏やかな波が静かに海岸に打ち寄せている。そんな中、砂浜に倒れている一人の男が見える。麗だ。そこへ、一人の男が近づいて来た。髪は薄紫色のボブカットで目は大きくとても鋭い。白い仕立てのいいシャツの上にベロア生地の紫色のジャケットを着ており、下は黒いパンツ姿だ。男は倒れている麗をジッと見つめている。

「美しい……」

思わずそう呟《つぶや》き麗に触れようと手を伸ばしたその時、麗がガバッと起き上がると男を押し倒して両手を押さえこんだ。

「何者だ⁉」

麗が鋭い声でそう問いかける。男は麗に両手を掴まれ何の抵抗もできない露《あら》わな格好となりながら答える。

「私は……滋賀解放戦線の桔梗魁《ききょうかい》だ……」

〝解放戦線？〟。遠く離れた地でも解放戦線があるのか？　と麗が眉をひそめた。桔梗が続けて言う。

「滋賀を救うため、パリに渡り革命を学んで帰ってきた。そんな私を滋賀のオスカルと呼ぶ者もいる」

「滋賀……？　あの広大な湖しかない県に、人が住むことができる陸地があったのか……」

麗が驚きながらそう口にした。滋賀と言えば琵琶湖《びわこ》だ。湖を中心として出来ている県であり、その証拠に麗が持っている地図の中でも滋賀県の8割は琵琶湖で埋め尽くされているかのように描かれていた。麗は桔梗の両手を押さえつけたままの格好となっている。両手を押さえられたままの桔梗がジッと麗の瞳を見つめていることに気がついた。

「あ、すまない……」

慌てて麗が両手を離した。

「別に構わないが……」

桔梗は服についた砂を手で振り払いながら起き上がった。

「ここは……？」

麗が聞くと桔梗が答える。

「和歌山だ」

〝和歌山⁉〟。まさに麗が目的としていた地だ。

「辿《たど》り着いたのか……。他の者たちを見なかったか？」

麗が辺りを見ながら口にした。しかし、辺り一面に砂浜が続くだけで他に人影は見えない。

「他の者？　お前は一体どこから？」

桔梗にそう聞かれて麗が答える。

「埼玉から来た」

「さいたま……？」

桔梗は〝さいたま〟という地名を耳にしたことはあった。東京に隣接している県のくせに、ど田舎で何もない県であると。

「私は、埼玉解放戦線員の麻実麗だ」

「麻実……麗……。なんて綺麗な響きだ……」

桔梗がウットリと麗を見つめると、吸い込まれるように自然と麗に顔を近づける。

麗も麗で自然に桔梗の頬を指でそっと撫《な》でた。その麗の行動に桔梗はドキッとする。

胸がザワメキ、鼓動が早くなるのが自分でもわかっていた。そんな桔梗を見つめながら麗が言う。

「不思議だな……。お前とは同じ匂いを感じる……」

麗は桔梗の頬を優しく撫でている。その優しい指使いに桔梗はウットリとした表情を見せ、思わず「あっ」と声を漏らす。その時だった。「はよ、パラソル持ってこんかい！　ボケが！」と男の怒声が聞こえてきた。ハッと桔梗が我に返った。

「こっちだ」

桔梗はそう言うと、麗の手を引っ張り声の方へと向かった。

＊

辺り一面にキラキラと眩《まばゆ》いばかりに光り輝く白い砂が広がっている。ここは白浜海水浴場だ。木目調のお洒落な海の家が建てられており、サンセットを一望できるルーフトップのテラス席では、虎柄の水着を穿いた男たちが水着ギャルとイチャつきながらカクテルを飲んでいる姿が見える。砂浜に目を向けると、七福神の仮装をした男たちが陽気に歩いている姿が見える。至る所にパラソルが立てられており、虎柄の水着を穿いた男たちが水着ギャルから日焼けオイルを塗ってもらっている。そこへ、ふんどし姿で見るからに遊びに来ているわけではなさそうな薄汚れた顔の男がたこ焼きを手に砂に足を取られながら走ってくるのが見える。

「はよせえや！　ほんま和歌山県人は鈍臭いやっちゃな」

テラス席に座る男はコテコテの大阪弁を話すことから大阪人であることがわかる。たこ焼きを運んで来たのは和歌山県人だ。

麗と桔梗は物陰に隠れながらその様子を見ていた。

「ここが白浜か……」

麗がそう言うと、桔梗が何やら深刻そうな顔で言う。

「ああ。だけど今は、大阪人らによって占拠された場所。大阪人のためのリゾート地だ。リゾートで仮装しながら休日を満喫してる……」

桔梗からそう聞いて、麗は改めてビーチを見た。乱暴な大阪人の下で働くふんどし姿の和歌山県人たち。その中でサボっている者がいないかと目を光らせ見回りをしている警備員の姿が見える。黄色と黒の縦ストライプの野球ユニフォームを着た大阪部隊と呼ばれる者たちだ。

「よそ者でここを利用出来るのは、大阪への通行手形を持つ、京都人と神戸《こうべ》と芦屋《あしや》に住む者たちだけだ……」

一角には関所があり、狐《きつね》のお面やおたふく面をつけた京都人、そして大阪人たちがそれぞれ通行手形を見せて通過していくのが見える。

「ここにも通行手形があるのか⁉」

麗は驚きを隠せなかった。まさか関東圏だけでなく、ここ関西圏においても通行手形などという馬鹿げた制度があったのか……と。

「ああ。違反した者たちは強制労働所行き。その一つが、あのタワーだ」

桔梗が指差した先に立つのは金色に輝く巨大なタワービルだ。麗がビーチの向こうに聳《そび》え立つそのタワービルを見上げた。桔梗が続けて言う。

「各フロアーでは、大阪人らを楽しませるために考えられた魅惑の県人ショーが日夜開催されていると聞く」

＊

店内中に派手なパーティーミュージックが流れる中、水着姿のキャストたちが酒を運んでいる。店内は派手な装飾品で彩られており、人でぎゅうぎゅう詰めの店内のど真ん中に細長いステージがある。ここはアポロンタワーの2階にある〝和歌山県人ショーフロア〟だ。ステージ上には大量の梅干しの種が散りばめられている。その上をふんどし姿の和歌山県人が歩かされている。鼻や耳など穴という穴に梅干しの種を詰め込まれたまま歩く。歩くたびに激痛を感じて顔を歪《ゆが》める和歌山県人を、ステージ脇で酒を飲みながら見ているのは大阪人たちだ。

その上の階である3階は、〝滋賀県人ショーフロア〟となっている。半被姿で目隠しをされた滋賀県人が、棒を手に鼻から溢《あふ》れるほど鮒寿司《ふなずし》を詰め込まれたまま、ステージ中央に置かれている信楽焼《しがらきやき》をまるでスイカ割りのごとく割らされている。ステージ脇では笑いながら見ている大阪人たちの姿が。

さらにその上の階である4階は、〝奈良県人ショーフロア〟となっている。そこでは、ステージ上で鹿のコスチュームを着せられた奈良県人が、パン食い競争ならぬ、鹿印せんべい食い競争で、せんべいの奪い合いをさせられている。ステージ脇にはやはりそれを見て笑っている大阪人たちの姿がある。

*

「何てひどい連中だ……」

桔梗からタワーの中で行われている非道なショーの話を聞いた麗が、顔に怒りを滲《にじ》ませながら口にした。桔梗は頷くと言う。

「他県の者たちを見世物にして笑っているんだ。あのアポロンタワーの中で……」

「アポロン……?」

桔梗のその言葉に麗が反応した。

「どうした?」

「ここへ向かう船の中で、和歌山から助けを求める無線が入った。美しい女の声で〝アポロン〟と……」

麗がそう言うと、桔梗がハッとした顔を見せた。

「姫君だ」

桔梗がアポロンタワーの方へと走り出す。慌てて麗も後に続いた。

*

アポロンタワーの最上階フロアはＶＩＰだけが入れる特別な階となっている。屋内プールが設置されており妖艶な美女たちが踊りを披露している。プール脇に置かれているソファに座っている男がいる。現大阪府知事である嘉祥寺《かしょうじ》晃《あきら》だ。赤地に金色の家紋が刻まれた特注スーツを着ている。頭はスーツとお揃《そろ》いの特注ハット帽を、手にはコブラ型の杖《つえ》を持っている。はっきりとした目鼻立ちをしており眼光がとても鋭く、一見して近寄り難い存在であることがわかる。その嘉祥寺の前に立たされているのは高級そうな着物を着た滋賀県人の女だ。傍には大阪部隊が立っている。

「次、お前や。犯した罪言うてみぃ」

嘉祥寺がドスの利いた低い声でそう口にすると顎で滋賀県人の女を促した。

「私は……滋賀県人であるにもかかわらず……、京都人やと偽り、四条河原町《しじょうかわらまち》で観光客をもてなしておりました……」

滋賀県人の女が恐怖で目を泳がせながら口にした。

「産地偽装やな。県人ショーのパフォーマーや」

嘉祥寺がそう言うと、滋賀県人の女が大阪部隊に引きずられるように連れて行かれる。県人ショーのパフォーマーは罰の中でも重い方だ。ステージ上で苦痛を強いられ、ただただ大阪人たちの笑い者となる。

「お願いします！　許して下さい……！　私には信楽焼は割れません……！　許して下さい……！」

滋賀県人の女の悲痛な叫び声が消えると、嘉祥寺が言う。

「次」

嘉祥寺の前に立たされるのは滋賀県人の男だ。野球観戦をしていたのかストライプ模様のハッピ姿に応援グッズのメガフォンを持っている。だがその手は恐怖のあまり震えている。

「なんやねん？　はよ犯した罪言わんかい」

黙ったままの男に、嘉祥寺はイラつき声を荒げると、大阪部隊の一人が嘉祥寺に何やら耳打ちをする。

「なんやて⁉　滋賀作の分際で道頓堀《どうとんぼり》にダイブしたやと⁉」

嘉祥寺が滋賀県人の男に鋭い視線を向けた。

「申し訳ございません……！　大阪に単身赴任中で、寂しくて、タイガースが優勝した夜、大阪人のフリをしてどさくさに紛れてダイブを……」

滋賀県人の男はすっかり怯え、声を震わせながら口にした。

「黙れや！　道頓堀を汚しおって。重罪や。甲子園《こうしえん》行きや！」

嘉祥寺がそう叫ぶと、「やめて下さい！」と泣きながら暴れる滋賀県人の男を連れていく大阪部隊。罰として一番重いのがこの〝甲子園行き〟であることをこの滋賀県人の男は知っているのか「お願いします！　甲子園だけは堪忍して下さい！　お願いします！」と必死に哀願する声が聞こえる。嘉祥寺はそれを耳にしながら鼻を鳴らした。

そこへ、黒子の格好をした二人組の男がやって来る。嘉祥寺の側近である筒井《つつい》と永海《ながみ》だ。筒井が言う。

「府知事！　和歌山の沖合で座礁した不審船が見つかったっちゅう報告が」

「何やと？」

続いて永海も報告をあげる。

「海には大量のネギが浮いとったと……」

永海がそう言うと一本の長ネギを差し出した。嘉祥寺は胸元にかけていた特殊サングラスをつけるとネギを調べ始める。すると、ネギから大量に放出されている㋚が見えた。

「㋚……?」

嘉祥寺が〝どういうことだ⁉〟と顔をしかめた。

一方、麗と桔梗は姫君を探しにアポロンタワーの前へと走って来ていた。桔梗がタワーの中へと入ろうとすると、麗が桔梗の腕を掴んだ。

「待て」

そう言った麗の視線の先を桔梗が追うと、違法行為により罰が決まった男と女たちが腰にロープを巻きつけられながら、大阪部隊に連れられて出てくるのが見える。

「列を乱すんちゃうぞ!」

大阪部隊が怒声をあげる。咄嗟《とっさ》に麗と桔梗が身を隠した。次々に軽トラックの荷台に乗せられていく男や女たち。その一角に幌《ほろ》がかかった特別車両・駕籠《かご》が見える。中からは光が漏れており、祈りを捧《ささ》げている和歌山の姫君の影だけがうっすらと見える。

「姫君だ……」

それを見た桔梗が声を上げた。

「一体誰なんだ？　その姫君というのは」

麗が聞くと、桔梗が答える。

「和歌山解放戦線のリーダーだ」

「和歌山解放戦線⁉」

桔梗が続けて言う。

「白浜を美しく輝かせているのは、和歌山の姫君の祈りの力があってこそ。だけど今は奴らに捕まり、その姿形までも変えられ、どこかで幽閉されていると聞いていた。その姿を見ることができるのは、月に一度、夜空を照らす満月の夜に、白浜の砂を白くするために連れて来られる時だけだと……」

桔梗の話を聞きながらも麗は駕籠を見た。幌の中で祈り続けている和歌山の姫君の影が見えている。華奢《きゃしゃ》でほっそりとした長い髪をした女性であることが見てとれる。

その影を見ただけで、さぞ美しい姿であることが容易に想像できた。

「その時を待ち、救出に来たのだ。姫君は共に大阪への通行手形撤廃に向け戦う同志だからな」

桔梗がそう口にしたその時、アポロンタワーにサイレンが鳴り響く。何事かと麗と桔梗があたりを見ると、嘉祥寺が大阪部隊を引き連れて出て来た。

「密入国や！　埼玉県人がおるで！」

嘉祥寺がそう叫んだ。〝埼玉⁉〟とどよめく大阪部隊。

「周辺を捜索するんや！　見つけたら甲子園へ放り込んだれ！」

「はい！」

大阪部隊が一斉に麗たちの捜索へと乗り出す。〝まずい！　早くここを離れなければ……〟。麗が逃げ出そうとするのと同時に、姫君をはじめとした甲子園へ連行される人々を乗せた特別車両と軽トラックが走り出すのが見える。

「姫君……！」

思わず桔梗が叫んでしまう。その声にすかさず反応したのは嘉祥寺だ。

「おったで！　あっこや！」

隠れている麗たちの元へ向かう大阪部隊。

「おい、捕まるぞ！」

麗が桔梗に逃げるように促すも桔梗は走り去る特別車両を見つめたまま動けずにいる。

「おい！」

麗が桔梗の肩を掴み揺らした。そうしている間も大阪部隊が麗たちに向かって来ている。今逃げなければ確実に捕まってしまう。麗が桔梗の肩を揺らし続けていると、桔梗がハッと我に返る。

「滋賀に戻ろう。こっちだ！」

桔梗が麗の手を引き走り出した。

＊

桔梗と生い茂る獣道をひた走っている最中、何かを見た麗が驚き突然立ち止まった。

「どうした？」

桔梗が麗に聞く。

「何だ？　あの白と黒が混在した奇妙な生き物は？」

麗の視線の先にいるのは熊のような姿形で、白と黒の色合いをしている動物だ。笹《ささ》の葉をただひたすらモリモリと食べている。

「あれは和歌山に生息しているパンダだ」

「あれが……パンダ……」

噂には聞いていたが生まれて初めて見るパンダに麗の目は釘付けとなる。背中を丸めて笹を食べるその姿は何とも愛くるしい。

「何て可愛《かわい》いんだ……。何時間でも見ていられる」

逃亡中であることを忘れるほど麗がパンダに見惚《みと》れていると、桔梗が麗の腕を引っ張った。

「急ぐぞ」

我に返った麗が走り出す。

獣道を越えた山中に今度は突如大量の鹿が見えてくる。

「鹿の大群だ……」

麗が声を上げる。これほどの鹿の大群を麗は見たことがなかった。

「奈良に入ったぞ。あと少しだ」

桔梗は少しも驚くことなく鹿の大群を横切っていく。奈良県には鹿しかいないと聞いたことがあったがそれがあながち間違っていないことを麗は知ると、桔梗の後に続いて走る。麗と桔梗は滋賀県へ向かって暗い山中をひたすら走って行く。

走る車の中から聞こえてくるＤＪの声〝こうして、麗と、滋賀のオスカルこと桔梗は命からがら逃げ出したのです〟。ＣＭが流れ始める。

その車中の助手席では、直子が前のめりでラジオを聴いていた。

「滋賀のオスカルだって！　信じられない……滋賀にスポットが当たるなんて……。やるじゃない！　ＮＡＣＫ５！」

今の直子は誰の目から見ても興奮していることがわかるほどだ。

「ねぇ、これ大丈夫？　大阪人怒りそうじゃない？」

依希が冷静なツッコミを入れた。

「ただの都市伝説よ。こんなんで怒るほど大阪人は心狭くないから」

そうは言いつつも、〝滋賀〟が出てきて大喜びの直子はこれからいくら大阪が悪者になろうが全く関係ないと思っている。その時、ＣＭ中のラジオから〝収れん火災にご注意下さい〟とさいたま消防局の注意喚起のアナウンスが聞こえてくる。それを何気なく耳にしていた智治が、熊谷あおぞら競技場の駐車場に車を停めた。

「よし、着いたぞ」

智治が直子と依希にそう声をかけた。

「ねぇ、先に行ってて。私はもう少し話を聴いてから行くから」

直子がそう言うと、智治はため息を吐いた。昔から直子はこの調子だ。一度夢中になってしまうとそこから軌道修正ができない。最もそういうところに惚《ほ》れたのではあるが。依希がスマホでＬＩＮＥメッセージを受信すると「あ、健ちゃんまだ鶴《つる》ヶ《が》島《しま》だって」と言った。

「入間《いるま》からだからね」

「私もここで待ってる」

依希がＬＩＮＥを返信しながらそう言った。この暑い中でグラウンドになどいたくない。できることならこのままずっと車の中で涼んでいたいのが本音だ。

「何だよ二人して。少しは顔出してくれよ」

そう言うと智治が一人で出ていった。そこへ、再びＤＪの声が聞こえてくる。〝一方、東京に残った百美は鉄道会社との話し合いの場に出向いていました〟。

第二章

I

埼玉解放戦線のアジトでは、テーブルに置かれた路線図を囲んでいる各路線族の代表が集まっていた。緑色の半被姿のＪＲ埼京《さいきょう》線代表、水色の半被姿のＪＲ京浜東北《けいひんとうほく》線代表、青色の半被姿の西武新宿《せいぶしんじゅく》線代表、黄色の半被姿の西武池袋線代表、白色の半被姿の東武東上《とうぶとうじょう》線代表、赤色の半被姿の東武伊勢崎《いせさき》線代表だ。

「我々は武蔵野線を作ることには断固反対です。計画を中止しない限りストライキは続ける」

最初に口を開いたのは、JR埼京線代表だ。

「そもそも埼玉県人は東京しか見ていない。自分とこの後ろや横に何があるかなんて一切興味がない」

続けてJR京浜東北線代表が口を開いた。それは埼玉県人なら誰もが共感する最もな話であった。埼玉県内だけで移動したところで、何もない。何もないから移動する必要がない。埼玉県人は昔から憧れである大都市東京にしか興味がないのだ。

「だから今、麗たちが越谷にビーチを作る計画を……」

百美は麗からこの路線族のストライキを止めるよう言われている。何としても自分が話をまとめなければと必死だ。

「そもそもうちは、芋くさい東武さんと接続などしたくありませんね」

西武池袋線代表が言う。東武東上線は池袋駅から埼玉県大里《おおさと》郡寄居《よりい》町の寄居駅までを結ぶ路線だ。東武伊勢崎線は、浅草《あさくさ》駅から群馬県伊勢崎市の伊勢崎駅を結ぶ東武鉄道の鉄道路線。つまりは東武線路線上にある都内の主要都市は〝池袋〟しかなく、東武伊勢崎線に至っては、あの秘境と呼ばれた群馬にまで接続している。これをもって〝芋くさい〟と表現しているのだ。

「何だと？　西武」

東武伊勢崎線代表が睨《にら》みを利かせながら西武池袋線代表を見た。

「走っている路線はほぼ田舎。その点うちは東京を中心に走っている」

同じ〝西武〟である西武新宿線代表が援護射撃した。

「は？　ふざけるな。東京って言ったって、清瀬《きよせ》、東久留米《ひがしくるめ》、田無《たなし》じゃないか。東京じゃないだろそんなとこ」

東武東上線代表が西武には負けまいと割り込んで来ると吐き捨てるように言った。

西武vs東武の争いが始まった。

「東京は東京だろ！」

西武新宿線代表が言い返すと、東武東上線代表が反撃する。

「そんなこと言ったら、うちだって下赤塚《しもあかつか》、成増《なります》を走っている！」

「東京じゃないだろ、そんなとこ！」

その反撃に西武代表たちが声を揃えて言い返した。

「おい！　お前たちやめないか」

堪《たま》らず百美が間に入ろうとするも、両者の戦いは収まる様子がない。止まらない言い合いに百美はウンザリしている。全く相容れないこの路線族をまとめるなど本当に自分に出来るのか……と。その時、JR埼京線代表が割って入った。

「底辺の争いはやめましょうよ。みっともない。東京ネズミーランドへの直通列車計画の話を進めますよ！」

一瞬助け船を出してくれたかに見えたが、それは協力して武蔵野線を作るという話ではなく、千葉にある東京ネズミーランドへどうやって路線を繋ぐかの話であった。

「ダメだ……。全然話がまとまらない……」

百美がため息交じりで口にすると、肌身離さず持ち歩いている麗の写真を手にとった。

「どうすればいいんだよ、麗……」

＊

その頃、麗は桔梗と共に獣道をひた走っていた。不審な人影を見つけた麗が突然立ち止まった。

「誰かいるぞ！」

そう言うと、麗が桔梗の手を引く。桔梗は勢い余って麗に抱かれる格好となった。至近距離となり目の前の麗を見上げウットリする。

「向こうを回って先へ進もう」

麗が桔梗の手を引き隠れながら違う道を進もうとすると、またしても人影が見える。

「こっちにもいるぞ！」

あちこちで人影が見える。いつの間にか大阪部隊の追っ手に囲まれていたのか。これでは先に進めず見つかるのも時間の問題だ。麗が絶望的な表情を見せた。すると、我に返った桔梗が言う。

「安心しろ。あれは人じゃない」

「どういうことだ？」

麗が聞き返すと、桔梗が人影を指差しながら言う。

「東近江《ひがしおうみ》で発祥した交通安全の人型看板。とびだしとび太、通称〝とび太〟だ」

桔梗が指差す先には、人型の看板〝とび太〟が立っている。看板ゆえに表情はないが、どこか愛くるしい少年のルックスをしている。

「とび太……？」

桔梗は無駄に麗の耳元に口を近づけると続けて言う。

「とび太を設置したおかげで、馬車で轢《ひ》かれる子供やお年寄りの数が劇的に減ったと言われている……」

桔梗は麗の耳元で妖艶な声でそう言った。麗は心地よい鼓膜の揺れを感じていた。

「その設置数、今や滋賀県人の人口と同じ140万体」

桔梗が続けて言うと、麗が驚きの表情を見せた。

「140万体も⁉　そんなにいるのか……」

「とび太がいるということは、滋賀に入ったということ……。もう我々を邪魔する者は誰もいない……。麗……」

　桔梗は何を思ったか、麗の頬を撫でると麗の唇へと手を這《は》わせた。思わず麗も桔梗を受け入れる。愛する百美のことは正直頭になかった。なぜだかそれほど強烈に桔梗に惹《ひ》かれているのだ。その時、惹かれ合う二人を引き裂くように、一台の古びた馬車が走って来るのが見える。麗と桔梗がハッと我に返った。馬車の荷台には、白と緑の二羽の鳩《はと》が重なるようには羽ばたいているイラストが描かれた旗が立てられており、その旗には〝ＨＥＩＷＡＤＯ〟という文字が見える。平和堂とは滋賀県彦根《ひこね》市を中心に滋賀県内の至る所に店舗を持つスーパーだ。滋賀県人なら誰もが馴染みのある店である。馬車には滋賀県ナンバーがついている。

「ん、ナンバーに虫がついていないか……？」

　麗が顔をしかめ口にした。何度か目を擦《こす》ってみたがやはり虫がついているように見える。

「いや……、あれは滋賀県のナンバープレートだ。滋の文字が少し崩されているせいで、その姿形からゲジゲジナンバーと揶揄《やゆ》されるようになり、我々滋賀県人まで……

〝ゲジゲジ〟と揶揄されるようになってしまった」

桔梗が悔しさを滲ませながら口にした。

「ゲジゲジ……」

何てひどい言われようだ。麗は滋賀県人たちに同情するも、ナンバーを見ると確かにゲジゲジにしか見えない。そう言われるのも無理はないとも思ってしまう。なぜあの書体にしたのか……。

「この先で部下たちが待っている。行こう」

今度は桔梗が麗の手をしっかりと握ると先を走り出した。

*

山の上には豪華で立派な門構えをした家が何軒も立ち並んでいる。ここは、兵庫県の芦屋にある六麓荘《ろくろくそう》だ。山の上からは下々の一般市民たちが生活をしている明かりを夜景として楽しむことができる。名だたる企業の社長が住んでいると言われている場所だ。その一角に一際大きな家がある。外観は家というよりも外敵から守るための要塞のようだ。ここは大阪を牛耳っているあの大阪府知事、嘉祥寺の家だ。

嘉祥寺の家の中は、中世ヨーロッパで使用されていたような高級家具と洗練された調度品に囲まれている。その中、ソファには色気のあるタイトな黒色のドレス姿で髪をアップで整えた品のある女が座っていた。現職の神戸市長であり、嘉祥寺の妻である。

「埼玉の連中が？」

神戸市長がそう声をあげた。

「せや。座礁した船ん中にはこいつもあったらしいで」

嘉祥寺がそう言うとみそピーナツの袋を見せた。

「みそピーナツ……？　なんなん？　これ。何でピーナツにおみそかける必要があるん？」

神戸市長が吐き捨てるように口にすると、嘉祥寺が言う。

「よう知らんがな、千葉ではこいつをおかずにして飯食うとるらしいわ」

野蛮な県人たちを明らかに卑下するような口調だ。

「千葉⁉」

神戸市長が今度は〝千葉〟という言葉に反応した。

「おう」

嘉祥寺がドア向こうにいる部下に向かって声をあげると、「失礼します！」とドアが開いた。そこへ、手を縛られた信男、おかよ、支部長たち、そしてアワビとサザエが筒井たちに連れられて入ってきた。

「痛い……」

きつく縛られたロープで強引に引っ張られ、おかよが顔を歪め口にした。

「乱暴はやめて下さい！」

信男がおかよを守るかのように叫んだ。だが、筒井にロープを強く引っ張られると信男も痛みで顔を歪めそれ以上は口にできない。

「こいつら埼玉解放戦線の連中やった。ほんで、この女二人が千葉解放戦線や」

嘉祥寺がそう言うと、神戸市長が咄嗟に鼻を摘《つま》んだ。埼玉県人と千葉県人と同じ空気を吸うことなど耐えられないのだ。

「おう、お前んとこのリーダー、麻実麗はどこ行ったんや？」

嘉祥寺がドスを利かせた声でそう聞くと、信男たちは一斉に目を伏せた。

「はよ言わんかい！　鼻の穴に指突っ込んで奥歯ガタガタ言わせたろか！」

嘉祥寺の怒声が飛ぶ。信男たちはすっかり怯えている。大阪人の喋《しゃべ》り口調は何て乱暴なのだろうか。とても高圧的に感じる。神戸市長が鼻を摘んだまま言う。

「あんた、何考えとんよ⁉　こんな田舎もんら、こっちやらんとって！　うちが埼玉になってまうやん！」

奇しくもそのセリフは以前白鵬堂学院にいた時に何度も耳にしてきたセリフと似ていた。〝埼玉と言うだけで口が埼玉になってしまう！〟。毎日のようにそう揶揄されてきたが、まさか、関西に来てまで同じようなことを言われるなんて……。これだけ遠く離れた他県の人にまでダ埼玉扱いをされていることを信男たちはこの時初めて知った。せっかく通行手形が撤廃されたというのに、いつになったらダ埼玉というイメージは払拭されるのだろうか。

神戸市長が筒井たちに向かって言う。

「はよ、連れ出して！」

「はい！」と返事すると筒井たちが信男たちを部屋の外へと連れ出して行く。

バタンとドアが閉まると、嘉祥寺がドア外へ鋭い視線を向けながら言う。

「埼玉解放戦線いうたら、東京を討った連中や。このまま逃げた麻実麗を放っとくわけにはいかへん」

その時だった。部屋の奥から高笑いが聞こえてくる。八ツ橋《やはし》をつまみながらやって来たのは京都市長だ。着物姿に麦わらのハット帽を被り金縁のメガネをかけている。

「たかだか、東京を討ったぐらいで目くじら立てんでもよろしいんとちゃいますか。ねぇ、奥様」

信男たちがいなくなった部屋を、神戸市長が消臭スプレーを吹きかけながら言う。

「そうやなぁ。埼玉ごときに何が出来んねやろ」

そう言うと、神戸市長と京都市長が視線を交わした。何やらこの二人には秘め事があるようだ。嘉祥寺はそんな二人を見てイラッとした表情を見せた。


信男たちが筒井らに連れられて豪邸の廊下を歩いている。その背後から「待て」と嘉祥寺がやって来た。筒井らが立ち止まると、信男たちも嘉祥寺の方を見た。

「お前とお前は残れ」

嘉祥寺がそう言いながら指差したのは、アワビとサザエだ。驚きの顔で嘉祥寺を見るアワビとサザエ。


「たまには千葉県産の女も悪ないやろ。味見したるわ」

嘉祥寺がニヤッとしながらアワビとサザエを見た。アワビとサザエは恐怖で頭を何度も横に振る。信男たちがアワビとサザエの行く末を案じて目を伏せる中、嘉祥寺が必死に抗《あらが》おうとするアワビとサザエの顔を乱暴に掴むと囁くように言う。

「嫁には内緒やで」

笑う嘉祥寺の声が廊下にこだました。

Ⅱ

琵琶湖に浮かんでいる古びた掘っ建て小屋がある。ここは滋賀解放戦線のアジトだ。その中で麗が居間の中の様子を見ていた。一角には古き良き時代の滋賀県の写真が何枚か飾られている。滋賀県は古くから文化と経済の先進地として栄えていた。万葉の昔には宮都として権力の集中する場所としてひらけ、東海道《とうかいどう》の宿場町であり湖上交通の要衝として栄えた大津《おおつ》。東海道と中山道《なかせんどう》の宿場町として栄えた湖南《こなん》エリア。紅葉狩りが楽しめる国宝の堂宇を有す湖南三山《さんざん》。近江商人の故郷である近江八幡《やわた》。戦国の覇王である織田信長《おだのぶなが》が天下統一の拠点とした安土《あづち》。豊臣秀吉《とよとみひでよし》が築き、北国《ほっこく》街道の宿場町としても栄えた長浜《ながはま》。そして、堂々たる三重の天守が美しい天下の名城、国宝の彦根城。滋賀県には幾重もの時代の表情と、人びとの歴史が今もなお息づいているのだ。

「随分と栄えていたんだな……」

麗が歴史を彩ってきた何枚もの写真を見ながら口にした。

「ああ。かつては数多の武将たちが手中に収めるべく争った近江を持つ地。近江を制する者は天下を制すと」

桔梗が懐かしそうな表情を見せながら言った。

「滋賀にはそんな歴史が……」

琵琶湖しかないと思っていた麗にとってそれは新鮮な情報であった。そこへ、桔梗の部下である近江晴樹《はるき》がやって来た。大柄で短髪姿でありどこかゲジゲジを彷彿《ほうふつ》とさせる眉毛を持つ男だ。忍び装束をまとい草鞋《わらじ》を履いている。

「桔梗様。馬車のご用意が出来ました」

その言葉を聞いた瞬間、桔梗が寂しそうに目を伏せた。

「もう……埼玉へ帰ってしまうのか……？」

そう言うと、桔梗が麗を見つめた。麗も桔梗を見つめる。

「故郷が一番だということはわかってる……。だけど、せめてあと一日、いや二日、いや三日ほどここにいるというのは……ダメか？」

ダメだとわかっていても、桔梗はそう言わずにはいられなかった。白浜の海岸で出会った時から、麗という存在が心を摑んで離さない。こんな感情は初めてのことであった。

「ああ、私はまだここに残る」

麗がそう口にした。

「本当か⁉」

桔梗が嬉しそうに目を見開き麗を見た。麗は桔梗に強い眼差しを向けて言う。

「私の仲間たちは必ず生きている。仲間と共に白浜の砂を持ち帰る」

麗のその言葉に、桔梗が慌てて口にする。

「いや、それは無理だ。白浜は大阪の領地だぞ？」

「ああ、だから必ず関西圏の通行手形制度を撤廃させる」

麗が自分に言い聞かせるように言った。一切の迷いがない麗の言葉に桔梗は驚きを隠せなかった。

「差別のない国づくり。それこそが日本埼玉化計画だ」

麗は自分の使命をもう一度思い出しながら言った。東京から虐げられていたあの辛く長い日々。それが今、ここ関西でも同じことが起こっている。それを麗は黙って見過ごすわけにはいかなかった。自分たちが住むところだけがよければそれでいいという考えは毛頭ない。埼玉らしい穏やかな平和を日本全土に広めていくのが自分たちの使命なのだ。

「そうは言っても……そんなことどうやって……？」

桔梗が聞き返す。

「甲子園。連中はそう言っていた。そこに仲間たちや姫君も」

麗はそう予想していた。甲子園に行けば会えるのではないかと。麗の覚悟を受けて、桔梗が口を開く。

「……三日後。甲子園で全国高校野球大会がある」

それは毎年夏になると開催する恒例の野球大会だ。全国の高校球児たちは甲子園の土を踏むことを夢見て日々猛烈な練習に励んでいる。

「大阪を牛耳っている大阪府知事、嘉祥寺晃もそこに来る」

桔梗が続けてそう言うと、麗が鋭い声で口にする。

「ならば、そこで嘉祥寺を捕らえ、甲子園で一体何が起きているのか吐かせる」

宣言とも取れる強い口調だ。その男らしさに桔梗はホロッとくると、麗にもたれかかった。

「これで、最低三日は一緒にいられるな……」

もたれかかった桔梗の肩を、麗はそっと抱き寄せた。

「ああ……」

麗と桔梗は今にもキスをしそうな距離で見つめ合った。

＊

その頃、百美は白鵬堂学院の生徒会長室にいた。

「遅い……。遅いぞ、麗！　何で連絡してくれないんだよ!?」

毎日連絡をくれると約束したのに麗からは一向に連絡が届かずにいた。百美が心配と不安と怒りで生徒会長室をウロウロと歩き回っていると、ハッとする。

「まさか、他の男と浮気を!?」

そう口にすると、そんな嫌な妄想を掻《か》き消すように頭をブルブルと横に振った。

「僕の愛する麗がそんなことをするはずがない……」

そこへ、コンコンとドアをノックする音がする。

「誰だ……?」

百美がドアの方を見ると、「失礼します」と入って来たのは野球部のユニフォームを着たキャプテンだ。野球部と言ってもそこは名門白鵬堂学院の一員だ。髪はポマードでしっかり固め、宝塚風の濃いメイクをしている。まるでどこかの面接に来たかのように、凛《りん》と姿勢を正しながらハキハキとした口調で言う。

「会長、お呼びでしょうか」

百美がキャプテンに言う。

「三日後、甲子園大会に出場するんだろ？」

「はい」

「悪いが、和歌山県代表の連中に聞いてもらいたいんだ。麗を見なかったかって」

＊

大阪市浪速《なにわ》区に聳え立つのは通天閣《つうてんかく》だ。高さは108メートルもあり、大阪市街を一望できる展望タワーだ。パリのエッフェル塔をモデルに設計されたと言われており、エッフェル塔のイメージを採り入れた形状が特徴的であるため、大阪のランドマークとして独特な存在感を放っている。

そのふもとで嘉祥寺と一緒にたこ焼きを食べているのは、あのアワビとサザエだ。

二人は嘉祥寺の両脇にまるで恋人のようにベッタリともたれかかるように座っている。

「どや？　もっと食うか？」

そう言うと嘉祥寺が爪楊枝《つまようじ》で刺したたこ焼きをアワビの口元に運ぶ。

「あんた〜、そないにたこ焼き食べさせてうちに何するつもりなん？」

アワビが小慣れた大阪弁で言った。

「たこ焼き重うて持ってられへんわ〜。食べさせてぇなぁ」

サザエも小慣れた大阪弁を使い嘉祥寺に哀願した。

「駄々っ子やなぁ。今夜は三人で朝まで仲ようタコパやで」

そう言うと、嘉祥寺が二人にたこ焼きを食べさせた。

アワビとサザエが「ハァン〜」と声を上げながら身悶《みもだ》える。あれほど嘉祥寺を拒絶していた二人であったが今ではその片鱗《へんりん》も見せない。すっかり嘉祥寺の虜《とりこ》になっているように見える。

「ええ子たちや」

嘉祥寺が二人を抱き寄せる。そこへ、慌てた様子で筒井と永海がやって来た。

「府知事！　埼玉の人間が滋賀へ逃げ込んだっちゅう情報が！」

「滋賀やと……？」

嘉祥寺の目の色が変わった。

＊

翌日。甲子園球場に試合開始を告げるサイレン音が鳴り響く。グラウンドでは審判が「プレイボール！」と声をあげた。いざ球児たちの試合が始まった。その中、応援席で白鵬堂学院の野球部のキャプテンが和歌山県代表を探し歩いていた。

一方、控え室がある関係者用の廊下を走っている麗と桔梗がいた。二人は甲子園大会の喧騒《けんそう》に紛れて忍び込んでいたのだ。

「嘉祥寺を見つけに行くぞ」

麗がそう言うも、桔梗の反応がない。どこか桔梗の様子が変だ。

「おい？　どうした？」

薄暗く人気《ひとけ》のない長い廊下の途中で、麗が立ち止まり桔梗を見つめた。

「すまない……すまない……麗」

桔梗の様子が明らかにおかしい。麗が不思議に思ったその時だった。背後から大阪部隊が現れると、あっと言う間に麗を囲んだ。そして、最後に姿を見せたのは嘉祥寺だ。

「ご苦労やったな。桔梗くん」

嘉祥寺がそう言うと、桔梗は麗の近くで下を向いたまま立ち尽くしていた。麗は桔梗を見て言う。

「どういうことだ？」

桔梗は下を向いたまま顔を上げようとしない。

「桔梗……お前まさか……」

麗がそう口を開いたとき、嘉祥寺が部下たちに「連れてけ！」と命じる。

大阪部隊が両脇から麗の腕を掴むと強引に麗を連行していく。

「待ってくれ！　乱暴はやめてくれ。頼む……！」

桔梗が顔を上げると思わず叫んだ。だが、大阪部隊は手を緩めず乱暴に麗を連れて行く。

「やめろ！　離せ！　離せ！」

麗が必死に抵抗する。そんな麗の姿を見ていられず桔梗が顔を背けた。

「すまない……麗……」

桔梗が絞り出すような声で言った。その中、嘉祥寺がニヤリと笑った。

麗は廊下から繋がっている薄暗がりの一室に閉じ込められた。椅子に座らされ手足を縛られている。その背後では白衣を着た白髪姿の初老の男が何やら試験管に入った白い粉を手に研究している姿が見える。男の近くには〝第三粉物研究所〟の看板が掲げられていた。

そんな中で、アワビとサザエが麗の手足を縛っていた。

「お前たち⁉　何でこの男の手下に？」

麗が二人に言った。

「何でやろねぇ〜」

アワビが言うと、サザエがそれに続く。

「大阪好きやからとちゃいますかぁ？　知らんけど」

一体どうしたというんだ⁉　なぜ千葉県人であるこの二人が大阪弁に？　麗が頭の中でそんな疑問を持っていると、嘉祥寺が言う。

「おう、やったれ」

嘉祥寺がアワビとサザエに命じると、二人は麗の口元にたこ焼きを持っていった。


「たこ焼き食え〜」


アワビとサザエが呪文のように唱えながら強引に麗にたこ焼きを食べさせようとする。麗が必死に抵抗する。

「やめろ……何をするんだ⁉　やめろ！」

嘉祥寺はその姿を笑って見ている。アワビとサザエは手を緩めず、麗に「たこ焼き食え〜。たこ焼きを食え〜」と唱えながら麗の口の中へ次々にたこ焼きをねじ込んでいく。

「や、やめろ……やめ……んっ」

必死に抵抗する麗であったが、ついに麗の口の中へたこ焼きが入ってしまう。すかさず、嘉祥寺は麗が吐き出さぬよう口を両手で力強く押さえた。

「もっとや！　もっと食わしたらんかい！」

嘉祥寺がそう言うと、アワビとサザエが次々に麗の口の中へたこ焼きをねじ込んでいく。麗が堪らず飲み込んでいく。

それから1時間ほど経ったであろうか。あれほど抵抗していた麗であったが、手を止めすっかり力が抜けたのかだらりと両手をぶら下げた格好となっている。目は虚《うつ》ろだ。アワビとサザエが麗の口元にたこ焼きを運ぶと、麗は自ら口を開きたこ焼きを求めた。その姿を見て嘉祥寺がニヤリと笑った。

「もうええやろ。縄ほどいたれ」

嘉祥寺が言うと、サザエとアワビが麗の縄をほどく。

「腹いっぱいなって良かったな。ほな、次はお好み焼き食おか?」

嘉祥寺が麗の耳元で軽いボケを口にしてみせた。すると――。

「……なんでやねん」

麗がごく当たり前のようにツッコミを返した。

「それでええ。ええ子や」

そう言うと、嘉祥寺は麗の口元についたソースを自分の舌でペロリと舐《な》めた。そして麗をそっと抱きしめ、高らかに笑った。

*

その頃。甲子園のグラウンドには敗戦した白鵬堂学院の球児たちがいた。その中に泣きながら甲子園の砂を袋に詰めているキャプテンの姿もある。

駐車場で停車しているワゴン車。その中から聞こえるＤＪの声〝こうして麗は、嘉祥寺の手中に落ちてしまったのです〟。ＣＭが入る。

「どういうこと⁉　何で麗が大阪弁を⁉」

ＣＭが入るや否や、物語にのめり込んでいた直子が口にした。一方で相変わらず物語に興味がない依希は、名前辞典を見ながら「やっぱ、海斗がいいかな……」とブツブツ言っている。すると、直子が突然エンジンを切った。

「依希、パパのとこに行くわよ」

「え？　もう聴かなくていいの？」

突然聴くのをやめた直子を不思議そうに依希が見た。

「せっかく滋賀が出てきたと思ったら、主人公を裏切る役だったのよ⁉　二度と聴かないわ、ＮＡＣＫ５！」

直子は滋賀のオスカルと言われたあの桔梗が埼玉を裏切るという役目を担ったこと

が心底気に食わずにいた。このまま滋賀が悪者になるのならば聴く必要などないと。

「そんな怒んないでよ。ただの都市伝説なんでしょ」

依希が呆《あき》れた口調でそう言うが、直子の怒りは収まらず、「はい、行くよ」と先に出て行った。

「えー。外暑いのに〜」

文句を言いながらも依希も直子に続いて車を降りた。


照りつける太陽。熊谷あおぞら競技場のグラウンドでは、それぞれの市区町村を代表した大人達が大真面目に綱引き大会に臨んでいた。屈強なラガーマンを集めた熊谷チームと赤いユニフォームを着た浦和チームが戦っていた。それぞれ先鋭を集めた8対8の熱き戦いだ。会場には優に百人以上はいるであろうか、観客席では両陣営の応援団たちの歓声が飛び交っている。その一角にある運営本部席に智治がいた。智治の前には、スーツ姿で髪をジェルでキッチリと固めたいかにも真面目そうなメガネ姿の埼玉県知事がいた。

「本当に大丈夫なんだろうな？　選挙が近いんだ。このまま大宮と浦和が勝ち進み、戦うなんてことになれば……」

埼玉県知事が不安そうな顔をしながら智治に聞いた。

「知事、それは絶対にあり得ません。そんな事態が起きぬよう、ちゃんと対戦相手は考えてあります。こちらが今回私が仕込んだ対戦の極秘リストです」

智治がファイルを手渡そうとしたその時だった。

「おっと！　浦和の勝利です！　番狂わせがおきました！」

運営席で実況中継をしている男が叫んだ。その声に〝えっ⁉〟と反応した智治と埼玉県知事がグラウンドを見ると、負けるはずがない屈強なラガーマンたちで集めたあの熊谷チームがお腹を押さえ去って行くのが見える。グラウンドでは浦和チームが勝利の雄叫《おたけ》びをあげている。

「おい？　どうした⁉　何があったんだ⁉」

埼玉県知事が声を荒げながら口にした。すると、職員の女性が智治に駆け寄ってくると何やら耳打ちをする。みるみるうちに智治の顔が曇るのがわかる。

「すみません！　熊谷の暑さで弁当が腐っていたようです。すみません！」

智治が埼玉県知事に何度も頭を下げた。

「何をやってるんだ！」

埼玉県知事が苦悶《くもん》の表情を見せると頭を抱えた。

「すみません！」

智治は謝ることしかできない。運営席に置かれているホワイトボードにはトーナメント表が貼られている。Aブロックで順調に勝ち進んでいる浦和と、Bブロックで順調に勝ち進んでいる大宮。このままでは両者が戦うことになってしまう。

「長き戦いの末に、敵対する大宮と浦和を宥めに宥め、ようやく、一つにまとめて〝さいたま市〟にしたんだ。ここでまた優劣でもつけてみろ？　さいたま市が崩壊するぞ！」

埼玉県知事が悲痛な声をあげた。

「はい！　絶対に両者は対戦させません！」

智治にはまだ秘策がある。絶対にそんなことをさせてはならない。自分の出世のためにも……。

　そこへ、直子と依希がやって来るのが見える。二人は運営席から少し離れたところに設置してあるさいたま市の職員たちの妻が集まっている家族用のテントへとやって来た。

「あーあ、もう休んでる。やっぱ与野は一回戦敗退ね」

　直子がグラウンドの片隅でお酒を飲んでいる与野チームを見ながらそう言った。みんなしてお腹が出ていたりほっそりしていたりと運動向きの体型ではない。負けても悔しさなど微塵《みじん》も見せない。それが長年大宮と浦和の間で板挟みとなることで染み付いた与野に住む男たちの生き方のように見える。

「あっつ……。熊谷最悪」

　依希が顔を歪ませながら口にした。妊婦にとってこの暑さは地獄以外の何ものでもない。直子と依希が関係者用のテントの中へと入ると、主婦たちがポータブルラジオ機の前で何やら集まっていた。

「CMが終わった。始まるわよ！」

与野の主婦が言った。ラジオからＤＪの声が聞こえてくる。〃そして、囚《とら》われた麗は甲子園の地下施設へと連れて行かれたのです〃。

Ⅲ

朦朧《もうろう》としたままの麗がアワビとサザエに連れられて、大阪甲子園球場の地下へと続く暗く長い階段を下りていた。階段を下りた先に見えてきたのは大きく重厚な扉だ。その扉の前では大阪部隊が警備をしている。麗がそこへやって来ると、どこからともなく〃大阪うまいもんの歌〃が聞こえてきた。〃大阪にはうまいもんがいっぱいあるんやで～〃。アワビとサザエが慣れた手つきで扉を開くと、そこに広がるのは、まるで大阪の繁華街・道頓堀を再現し、見渡す限り極彩色で色付けした広大な地下工場だった。その中で胸元にゼッケン代わりに出身地がデカデカと書かれた労働者たちが、まるで貼り付けたかのように同じ表情で陽気にお好み焼きやたこ焼きを焼いている。地上では見たことがないとても奇妙な空間だ。施設内に流れているのは〝大阪うまいもんの歌〟だ。〝大阪にはうまいもんがいっぱいあるんやで〜。たこ焼き、ぎょうざ、お好み焼き、豚まん！〟。

「何だ……ここは……」

意識が朦朧となりながらも麗が口を開いた。すると、施設内を一望できる場所に立っている、真っ白な作業員風のつなぎを着たほっそりとした施設長の女が麗を見てニコッと笑った。

「ようこそ、粉物工場へ。粉物みんな食べ放題やで〜」

施設長の女はくいだおれ人形のような動きをしながらケタケタと笑っている。その中、ベルトコンベアーの上を流れている大量の白い粉が見える。見たこともない世界を前に麗が固まっていると、施設内にブザーが鳴り響く。

「交代の時間や。加古川《かこがわ》・姫路《ひめじ》組アウト！　尼崎《あまがさき》・明石《あかし》組イン！」

施設長の女が叫んだ。その時、労働者たちが手にしていたコテを使ってリズムを取り始めると、口を揃えて歌い始める。

「ウン、ジュワジュワ。ウン、ジュワジュワジュワ。ウン、ジュワジュワジュワ……」

リズムを取り続ける労働者たち。

「何だ……あれは……？」

麗が労働者たちを見つめながら口にした。

「歌を披露するんや。新入りが来たときの歓迎の曲や」

施設長の女がケタケタと笑いながら口にすると曲が流れ始める。すると、工場内の奥からくいだおれ人形のような衣装を着た女が増殖しながら出て来ると歌に合わせて奇妙な踊りを踊り始めた。労働者たちがリズムを取りながら歌う。

「うちらは粉の魔術師や。さあ、今日も陽気にぎょうさん粉作ったろ〜。ガッチンゴッチンガッチンゴッチン。世界中に愛される粉になれ〜。粉は何にだってなれるスーパーヒーローやで。ウン、ジュワジュワ。ウン、ジュワジュワ。ウン、ジュワジュワジュワジュワジュワ……」

音楽が止むと同時に、増殖した女が暗がりへと消えていく。麗が啞然とその姿を見ていると、アワビが麗の腕を摑んで言う。

「おい、お前の寝床はこっちや」

そう言うとそのまま、施設の奥へと連れて行く。作業場を通り過ぎ、滋賀組、和歌山組、三重組などといったプレートが貼られている牢屋《ろうや》脇を通り抜けて行くと、一番奥にひときわオンボロな牢屋が見えてくる。サザエが扉を開き言う。

「お前はここや。都道府県魅力度ランキング40位以下の組。アンダーフォーティーズや」

牢屋内には鳥取、栃木、徳島、群馬、佐賀、茨城県人たちが疲れ切った顔で入れられていた。その中へ、アワビとサザエは麗を放り込んだ。勢い余って倒れこむ麗。そして、そのまま目を閉じた――。

＊

砂浜で遊んでいる幼き日の麗。ここは麗が幼き頃に遊んでいた懐かしのマイアミビーチだ。砂浜で遊ぶ麗の側で見守っている女の影が見える。

麗はその女の影に向かってニッコリと微笑んだ。そこへ、信男の声が聞こえてくる。

「麗様……？　麗様!?」

＊

その声で、麗がふと目覚めた。麗の前には信男たちとおかよ、そして支部長たちがいた。

「お前たち……？」

朦朧とする意識の中で麗が口を開いた。

「麗様……？　麗様が目覚めたで！」

信男が嬉しそうな顔を見せながら口にした。だが信男の口調は大阪弁になっている。

「無事やったんか……ほんまに良かった……」

麗が信男たちに向かって言うと、信男たちが信じられないといった表情で麗を見た。

「麗様も大阪弁を……」

おかよが首を振りながら口にした。信男たちがざわつき始める。

「なんでここにおんねん……？」

麗が信男たちに問いかけると、浦和支部長が答える。

「麗様と逸《はぐ》れたあと、巡回中の大阪の船に発見されて、ここに連れてこられてもうて……」

「お前ら……何で関西の言葉を……？」

麗が聞き返すと、信男が答える。

「わかりまへん！　噂では言語機能への影響はまだ第一形態やと」

続けておかよが言う。

「麗様も……今言語機能がおかしなってます……」

麗が自分の体に目を向けながら言う。

「わしがかぁ!?」

動揺する麗を見て、信男たちは思わず目を伏せた。

「ここは一体……？」

麗が聞くと、上尾《あげお》支部長が答える。

「なんや白い粉を作らせてますわ……」

「白い粉……?」

　麗が聞き返すと大宮支部長が言う。

「それを体内に取り込んでしもうたもんらは皆、まるで大阪人のように……。知らんけど」

〝どういうことだ⁉〟。理解の追いつかない麗に、信男がここに来てから知った情報を話し始めた。

「ここで楽しく粉もんを調理できるんは、まだ少しは都会指数が高い神戸と芦屋以外の兵庫県人たちと、京都市以外の京都府民たち……。残りの、著しく都会指数の低い、滋賀、奈良、和歌山、そして我々はただひたすら白い粉を作らされて……」

　そこまで口にすると、信男はここに来てから酷い目にあってきた地獄の日々を思い出し体を震わせ始めた。たった数日とはいえそれほど辛く苦しい日々だったのだ。

　信男たちは粉製造工場の作業場に連れて来られたその日から一日も休むことなく、来る日も来る日も、粉が入った袋を抱えて働かされていた。そんなある日、体力の限界で倒れた信男の前に施設長がやって来ると、「スタンプや！」と告げられた。何をされるかわからず必死に信男は抵抗したが、工場の職員たちは無慈悲に掃除機のような吸引機で信男の腹を強く吸った。すると、信男の腹にはプクッとたこ焼きの形をした痕が出来上がった。

信男が服を捲《めく》って腹を見せると、すでにたこ焼きスタンプが二つ付けられているのがわかる。

「このたこ焼きスタンプが三つ押された人間は……」

「どないなんねん……？」

麗が信男に聞き返す。

「二度とその姿を見ることがないそうです……」

信男が恐怖で体を震わせているのが、麗にも見てとれる。

「一説によると、タコの代わりとなって……具の中にその人間の……人間の……」

話せなくなった信男の代わりにおかよが続けようとするが、恐怖のあまり言葉を詰まらせている。

「やめえ！　頼むから……やめてくれ……」

信男がおかよの話を遮るとこれ以上何も聞きたくないと耳を塞いだ。麗はこの陽気に見える工場内でとてつもなく悍《おぞ》ましいことが起きていることを知り驚愕《きょうがく》していた。何とかしなければ……。だが、粉漬けにされた今の自分にその体力はないのもまた事実だ。そこへ、「おう、配給や」と白い粉が山盛りになった皿が牢屋の外から放り込まれてくる。

麗はそれを見ると、体が急に震え出した。

「麗様⁉」

深谷支部長が叫ぶ。

「粉や……」

麗の目の色が変わったのが誰の目から見てもわかる。麗は皿に飛びつくと、貪るように食べ始めた。

「粉の禁断症状や！」

大宮支部長が叫んだ。

「なんで……や……」

麗がツッコミの手を出そうとする。

「アカン！　手つこてツッコませたら、第二形態へ移行してまう！」

信男が叫ぶと、浦和支部長が動き出しながら言う。

「麗様を押さえるんや！」

信男たちが一斉に麗を押さえこむ。

「なんで……なんで……」

麗はツッコミたくてしょうがないのか、手を激しくバタつかせている。

「嫌や‼　麗様に大阪ツッコミなんてさせたくない！」

おかよが半分泣きながら必死に麗を押さえている。

「なんで……なんでや……なんで……」

麗がツッコミたくてツッコミたくて震えている。

「麗様‼」

信男たちは叫びながら必死に麗を押さえる。

「もっとしっかり押さえるんや！」

信男が叫ぶ。麗は手をバタつかせている。


「うぅぅぅう……なんで……なんで……なんで……やねん！」


信男たちを振り払うと、ついに麗が手の甲を振ってツッコミを入れる格好をとった。

そして、再び貪るように夢中で白い粉を食べ始める。

「何食べとんねん！」

信男が素早く麗にツッコむ。一瞬動きが止まった麗が信男を見た。信男がその視線でふと我に返る。

「すんません！　麗様……！」

「ええから信男、はよ押さえるんや！　粉抜きするで！」

大宮支部長がそう叫ぶと、再び麗を押さえる信男たち。

＊

その頃――。他の薄暗い牢獄の中で幽閉されている和歌山の姫君の姿がある。何やら祈りを捧げていた。

＊

通天閣の前では、桔梗と嘉祥寺が対峙していた。

「約束や。強制労働をさせられている同志たちと和歌山の姫君を解放してくれ」

桔梗が切羽詰まった表情で言った。麗を裏切る形となった理由はここにあった。麗さえ引き渡せば滋賀県人と和歌山の姫君を解放するという手筈《てはず》になっていたのだ。だが——。

「約束？」

嘉祥寺がとぼけた表情でそう口にした。

「麻実麗を突き出す代わりに解放するてゆうたやろ？　昨夜アジトに届いたこの手紙や」

桔梗が焦りながら紙を突き出した。手紙には〝麻実麗を引き渡せば捕らえている滋賀県人と和歌山の姫君を解放する〟と書かれている。

嘉祥寺がその手紙を桔梗から奪い取ると、隣にいるサザエとアワビを見た。

「知らんぞ、こんなん。お前らやろ。勝手にこないなことしたらアカンで」

嘉祥寺の言葉に、サザエとアワビが明らかに戸惑いの表情を見せた。

「えっ。嘉祥寺様が届けろて……」

サザエとアワビが口を揃えて言うと、それを遮るかのように嘉祥寺が永海に命じる。

「罰や！　この女ら、甲子園へ放り込んだれ！」

永海と筒井がサザエとアワビを乱暴に摑むと引きずるように連れて出していく。

「嫌や～！　嘉祥寺様～！　嘉祥寺様～！」

サザエとアワビが悲痛な声を出しながら大阪の街の中へと消えていった。

「千葉産はしょっぱい女やったわ。二度と食えへん」

嘉祥寺が吐き捨てるように口にする。そんな嘉祥寺を桔梗は睨みつけていた。

「お前騙《だま》したんやな……。汚いで！　嘉祥寺！」

元来滋賀県人の心はとても穏やかで人がいい。広大でいつ何時も穏やかな琵琶湖を見て育った滋賀県人は、純粋な心の持ち主が多いのだ。誰かと戦い、争い、憎しみ合う……。そんなこととは程遠い県人がこの滋賀県人なのである。桔梗が敵対する嘉祥寺の言葉を鵜呑《うの》みにしてしまうのも無理はないことなのだ。嘉祥寺は愕然と肩を落とす桔梗に冷たい視線を送る。


「じゃかましい！　ゲジゲジが！」

と、桔梗を乱暴に蹴りつけた。バタンと桔梗が倒れる。

「麻実麗売り渡した褒美や。お前の甲子園行きは見逃したるわ。そんだけでも有り難く思え」

最後にそう吐き捨てると嘉祥寺は永海たちとともに立ち去って行った。

「クッソ……！」

自分は何て愚かなことを……。桔梗は自分自身に心底腹を立てていた。愛する麗を大阪に売ってまで手に入れようとしたことが、全て水の泡となってしまった。

＊

「船が座礁した⁉」

白鵬堂学院の生徒会長室にいた百美がそう声を上げた。

百美の前には甲子園から持ち帰った砂を瓶に詰めている野球部のキャプテンがいる。

百美の近くにはお土産の〝くくるのたこ焼き〟と〝551蓬莱《ほうらい》の豚まん〟が置かれて

いる。二つとも大阪の粉物を代表する大人気の食べ物だ。

「はい。和歌山県人がそう言っていました」

砂を瓶に詰めながらキャプテンが答えた。

「それで？　麗たちは無事なのか⁉」

百美の一番の心配事はそこだ。麗たちの無事が何よりも知りたい。

「さあ、そこまでは……」

キャプテンが申し訳なさそうに口にする。

「麗……。現地人の男に拾われ、乱暴でもされていたら……」

百美がまた悪い妄想を繰り広げようとする。

「なんでやねん」

と、大阪弁でキャプテンが鋭くツッコんだ。

「ん？　どうしたんだよ？」

異変を感じた百美がキャプテンに聞く。

「あ、いや、それが……わからないんです。帰りのバスの中でみんな突然ツッコミ出して、止まらなくて……」

キャプテンが不思議そうな顔でそう言う。

「ツッコミが……止まらない？」

そんなバカな現象があるのか？　百美が訝《いぶか》しがったその時、ふと瓶の中に入ってい
る砂に目が留まった。

「おい？　それは何だ？」

「甲子園の砂です」

「砂？」

そう言い、百美が瓶を取りマジマジとみると、白い物が混じっているように見えた。

「なんか、白い物が混じってないか？」

＊

穏やかな波飛沫《しぶき》。マイアミビーチに聞こえてくる〝琵琶湖周航の歌〟のハミング。

子守唄のような優しく温かい声だ。パラソルの下で寝ている幼き日の麗が目覚めると、麗の横で微笑む美しき女の姿が見える。その後ろで揺れている滋賀県の旗。

美しき女が言う。

「麗。あなたは大きくなったら救世主となって救うのよ、ここ滋賀県を――」

*

粉抜きのために縄で体をぐるぐるに巻かれた麗がパッと目覚めた。

「滋賀……」

麗が呟くように口にした。麗のそばで疲れ果てウトウトしていた信男たちが、その声で麗が起きたことに気がつく。みんなで必死に麗を押さえつけて夜な夜な粉抜きをしていたのだ。

「麗様⁉」

「……お前たち？　ずっと看病を」

頷く信男たち。

「すまないな。もう大丈夫だ……」

粉抜きをしたおかげで麗は標準語に戻っている。

「麗様が正気を取り戻したで！」

信男が泣きそうになりながら口にすると、続けて川越支部長も声を上げる。

「さすがは麗様や……！」

支部長たちの目には、粉抜きを耐えた麗が神々しく映っていた。

「おい、縄ほどくんや！」

浦和支部長が言うと、他の支部長たちが麗に巻きつけた縄をほどき始める。麗はみんなが自分のために寝る間も惜しんで粉抜きをしてくれたことに感動していた。埼玉には横の繋がりがない。そう思っていた麗であったが、この姿を見てそんなことはないのではないか？　と思う。たった一人のためにみんながここまで協力し合えるのだ。

「麗様……。こっから逃げて下さい」

信男が真剣な顔で口にする。その言葉に驚く麗。浦和支部長が続けて言う。

「この先に外へ繋がる通路があります。警備の人間がおるんですが、我々が引きつけます」

　さらに、川口支部長が言う。

「ここを出て、不当労働させられてるもんらを助けたって下さい！」

　信男たちがみな麗を真剣な眼差しで見つめていた。その瞳を見て麗は理解した。自分の粉抜きをしているその間、信男たちは決めていたのだ。もしも粉抜きが成功して、麗が正気を取り戻したならば、その時は麗を逃がそうと。

　信男が言う。

「我々も都民から虐げられ、同じ目におうてきたんや。大阪人らのこの不当な行いを許すことはできひん！」

「そんなことをすれば……お前の腹には最後のスタンプが」

　麗が信男の腹を見ながら口にする。

「かまいまへん……！」

　信男が決意の顔でそうキッパリと言い切った。

「信男……」

麗は込み上げてくる感情を抑えきれずにいた。信男たちは、麗たった一人のために粉抜きをしたのではなかったのだ。過去の自分たちと同じように差別で苦しむ県人たちを救いたい。そのために必死になって粉抜きをしていた。そんな信男たちを、麗は誇りに思った。これこそが、百美と共に掲げた差別のない国づくり。〝日本埼玉化計画〟ではないかと。そんなことを麗が考えていると、おかよが言う。

「ここ出て、阪神電車で梅田《うめだ》まで逃げれば、大阪人でも道に迷う梅田ダンジョンがあります。そこまで逃げることができたら巻くことができるはずです！　知らんけど」

続けて信男が平和堂のＨＯＰカードを渡しながら言う。

「麗様、これをお持ち下さい」

麗は手にしたＨＯＰカードを見た。カード全体が黄色く〝ＨＯＰ〟とデカデカと印字されている。

「これは……？」

麗の問いかけに信男が答える。

「滋賀発祥のスーパー、平和堂のＨＯＰカードです。囚われた滋賀の人間が持っとったもんで、買い物したらもらえるポイントを現金に出来るらしいんですわ。逃走資金に使うて下さい！」

麗がＨＯＰカードを手にしようとした瞬間、作業再開を告げるブザーが鳴ると大阪部隊の男が牢屋を開けて叫ぶ。

「アンダーフォーティーズ！　時間や！」

「今や。行って下さい、麗様！」

信男が声をあげた。もはや、今の麗には何の迷いもない。信男たちの熱い気持ちに応えるだけだ。

「必ず迎えに来る」

麗は力強い眼差しで信男たちを見た。信男たちは麗の視線をしっかりと受け止めると、「うわぁ！」と一斉に大阪部隊へ向かって駆け出して行く。そして、信男たちが大阪部隊の者たちに体当たりして押し倒すと施設内を縦横無尽に逃げ回る。

「脱走者や！」

大阪部隊の男が叫んだ。サイレン音が施設内に鳴り響く。続々と集まって来る大阪部隊。ベルトコンベアーの上を走り回り、お好み焼きのコテを振り回したり、たこ焼きを投げつけたりと、信男たちは必死に抵抗を試みるが次々と取り押さえられていく。その中、大阪部隊が信男たちに気を取られている隙をついて、麗がこっそりと施設を逃げ出す。信男たちは倒されながらも渾身《こんしん》の埼玉ポーズを決めているのが見える。それに応えるかのように、麗も埼玉ポーズを返すと、走り出して行く。「こっちにもまだおるで！」と麗に気づいた大阪部隊の男が叫ぶ。麗は向かって来る大阪部隊を倒しながら先を進み、施設内を逃げ出した。

＊

暗がりの道をひた走る麗。その背中には信男たちの想いが乗っている。信男たちを、そして差別を受けている他県の者たちを必ず自分の手で救い出す。その一心で麗は走っていた。

＊

その頃。白鵬堂学院の生徒会長室にいる百美は何やら顕微鏡を覗《のぞ》き込んでいた。すると、ハッと顕微鏡から目を離し驚きの顔で口にする。

「何だよこれ……？　嘘だろ⁉」

第三章

I

京都の祇園《ぎおん》。広めの石畳の路《みち》にお茶屋や料亭が並ぶ祇園の中心地に、麗は辿り着いていた。白狐の面を被って歩く京都人や舞妓《まいこ》さんの姿が多く見られる。他の県では見られることのない独特の風情がある町だ。その中、大阪の応援要請を受けた京都部隊たちが麗の似顔絵が描かれた手配書を配り歩きながら捜索していた。麗は一角に身を潜めてその様子を見ている。京都部隊が麗の方へと近づいて来るのが見える。逃げようとするが、至る所に京都部隊の姿があり迂闊《うかつ》に出て行けばすぐに見つかってしまう可能性があった。麗の顔に焦りの表情が見て取れる。そうこうしている間にも、京都部隊たちが麗が潜んでいる場所へと近づいてくるのが見える。その時だった。背後から麗の手を引っ張る舞妓の姿の女、近江美湖《みこ》が現れた。格好こそ可愛らしい舞妓そのものであるが、よくよく見ると眉毛がやたらと太い……。というか、ゲジゲジだ。

「こちらへ」

そう言うと、美湖が麗の手を引っ張り裏口へと連れ出していく。

麗が連れてこられたのは四条通の喧騒を少し離れた通りに佇《たたず》む割烹《かっぽう》料理店だった。カウンターだけの隠れ家のような店だ。カウンターに座っているのは十二単《じゅうにひとえ》の格好をした京都人の女性や白狐のお面を被った男たちだ。着物姿で接客をしている女将の姿も見える。そのお店の勝手口付近で隠れながら話す麗と美湖がいた。

「お前は……？」

麗が問いかけた。

「滋賀解放戦線の者です。京都の現状を偵察するために、舞妓となり潜り込んでいるのです」

美湖がそう答えると、麗が驚きながら言う。

「何故、滋賀解放戦線の者が私を……？」

麗がそう口にした時だった。

「私が助けてくれと頼んだんだ」

背後から聞き覚えのある声がして麗が振り返ると、桔梗がやって来た。

「桔梗……」

桔梗は麗の前で跪《ひざまず》いた。

「麗……。裏切ってすまなかった……。嘉祥寺に同志や姫君を解放すると騙され協力させられたんだ……」

悲痛な顔でそう口にする桔梗を、麗は優しく抱き起こすと言う。

「そんなことだろうと思った」

「麗……。煮るなり焼くなり抱くなりしてくれ」

桔梗が麗を見つめながら真顔で口にした。

「抱く……？」

思わず美湖が口にする。なぜ〝抱く？〟が入ったのか自分の聞き間違いだろうかと。

「あ、いや……。美湖、ご苦労だったな」

桔梗が取り繕うように美湖に話しかけた。

「はい、桔梗様」

桔梗が麗に向かって美湖の紹介をする。

「美湖は甲賀《こうか》生まれで忍びの末裔《まつえい》だ。代々、解放戦線として活動していたが、父親がここ京都を偵察中に、京都人の本音が掴めず、精神を崩壊させられた」

その話を美湖が苦々しい表情で聞いている。

「どういうことだ？」

麗が聞くと、美湖が京都の地図を取り出した。

「京都はここ、御土居《おどい》の内側を洛中《らくちゅう》とし、それ以外の場所は洛外やと仕切りをつけています」

麗にとってそれは初耳であった。同じ京都の中でもそんなひどい差別が存在するのか？　と。

「洛中の者以外は京都人ではないと」

美湖が立て続けに言った。

「そんなバカなことが……」

麗には信じられなかった。埼玉県内では、浦和と大宮のように争いはあるもののそこに差別はない。だがその時、ふと東京には差別が存在していたことを思い出していた。東京のあの白鵬堂学院ではA組は港区、青山《あおやま》、赤坂《あかさか》であったが、同じ都民であるはずの田無や狛江《こまえ》などは格下扱いをされていた。しかし、その東京よりもさらにひどい地域差別がここ京都にはあるというのか……。

そこへ、着物を着た京都人のカップルが入って来たのが見える。

「いいえ、京都人は恐ろしい生き物です。これを聞いて下さい」

美湖はそう言うと、木で出来た古びた翻訳機を取り出した。そして、接客している女将に翻訳機を向けた。

「おこしやす。どっからおいやしたん？」

女将が言うと、京都人の女が「宇治《うじ》です」と答えた。

「宇治？　ええとこどすなぁ。閑静な住宅街でコンビニもぎょうさんおして、かいもんにも困りまへんなぁ」

女将のその言葉を聞いて、美湖が言う。

「あれは建前。本音はこれです」

そう言うと、美湖が翻訳機のボタンを押して再生する。

「宇治？　えらい田舎から来はりましたなぁ。なんもあらへんとこちゃいまんの。宇治抹茶は京都のもんどすけど、宇治は京都とちゃう」

翻訳機から本音の声が聞こえた。

「言ってることが全く違う……！」

　麗が驚きながら口にすると、桔梗が言う。

「この翻訳機は、長年、京都人の言動に苦しめられてきた、滋賀解放戦線が開発したものだ」

　女将が今度は男に問いかける。

「おたくさんは？　どっから？」

「山科《やましな》です」

　男が笑顔でそう答えると、美湖がすかさず女将に翻訳機を向ける。

「山科？　交通の便がよくてええとこどすなぁ。毘沙門堂《びしゃもんどう》の紅葉はほんま綺麗でええ観光スポットどすなぁ」

　美湖が再び翻訳機で本音を再生してみせると。

「山科？　あっこは京都ちゃう。滋賀や。ゲジゲジもどきの人間がこないなとこで食べんといてほしいわ。ぶぶ漬け出したろか」

「同じ京都人の中でもこんなにも酷い差別が……」

麗が思わず口にすると、麗を探し歩いている京都部隊が手配書を手に入ってくるのが見える。

「ここにいたらいずれ見つかる」

桔梗が身を隠しながら言った。

「南禅寺《なんぜんじ》に私が乗ってきた工作船があります！」

美湖が続けて言うと、桔梗がそれに同意するように頷くと言う。

「琵琶湖疏水《そすい》を渡って滋賀へ戻ろう」

桔梗のその言葉で、麗、桔梗、美湖はその場を逃げ出した。

熊谷あおぞら競技場の関係者用テントの中で、直子ら主婦たちが固唾《かたず》を呑みながらラジオを聴いていた。ラジオから聞こえてくるDJの声。〝こうして、麗たちは再び滋賀へと舞い戻ることになったのです〟。CMが入ると、開口一番に大阪弁の主婦が口を開いた。

「アホくさ。なんやねん、これ」

大阪弁を耳にした直子がすぐさま反応する。

「あなた……？　まさか大阪人？」

「せやけど？」

直子が上から下まで舐め回すように大阪弁の主婦を見つめる。大阪弁の主婦はぐりぐりのパーマヘアで豹《ひょう》柄の上着に黒のスウェットパンツにサンダルを履いている。いかにも大阪の主婦といった格好だ。そんな大阪弁の主婦に、直子ら、主婦たちは冷たい視線を送る。

「私の両親は滋賀県人よ。この私にも滋賀の血が流れている」

すっかり物語にのめり込んだ直子が、声高らかにそう宣言した。

「せやから何？」

大阪弁の主婦が聞き返す。

「ここは同盟国の埼玉の地。よくもアウェーにいられるわね！　大阪女をつまみ出して！」

直子が主婦たちに向かって叫ぶと、埼玉県人の主婦たちと一緒に大阪弁の主婦を追い出そうとする。その中、一人平然と男の子の名前辞典を読んでいる依希にぶつかる。

「ねぇ、やめてよ。ただの都市伝説なんでしょ！」

依希がイラつきながら口にする。

一方、運営席では埼玉県知事が焦りながら辺りをウロウロとしていた。ホワイトボードのトーナメント表には、Aブロックを勝ち進んでいる浦和の名前がある。

「まさか、駐屯地がある朝霞《あさか》さんまで破るとは……」

智治も驚きを隠せずそう口にした。

「何をやってるんだ！　埼玉を崩壊させたいのか！」

埼玉県知事が怒声を浴びせる。

「わかっています！　ご、ご安心下さい。大宮さんの次の相手は川口。川口にある三波部屋の力士たちに協力を――」

智治がそう言いながらグラウンドを見ると力士たちが赤い顔をして倒れているのが見える。

「おい？　どうした⁉」

埼玉県知事が聞くと、智治の元へと駆け寄ってくる職員の女性が何やら耳打ちをする。見る見るうちに智治の顔が曇っていくのがわかる。

「……すみません！　慣れない暑さで熱中症にかかったようです！」

埼玉県知事が頭を抱えながら体を悶えさせる。

「どうして裸で日向《ひなた》にいたんだ！」

その時、実況席にいる男が興奮気味に叫ぶ。

「何ということでしょうか！　大宮が不戦勝です！　決勝はあろうことか大宮対浦

和！　因縁の対決が今ここで幕をあけようとしています！」

　グラウンドで勝利の雄叫びをあげている大宮勢の前に、浦和勢がやって来た。

　両者が睨み合うと、先に大宮の主将が口を開く。

「おい浦和、今日この場で決着つけてやる。勝ったら県庁よこせ！」

　対抗するように浦和の主将が言う。

「大宮、うちが勝ったら大宮アルシェを潰し、浦和アルシェを作るからな！」

　世紀の戦いを前にして、応援席でも浦和と大宮の激しい応援合戦が始まった。

「終わりだ……もう終わりだ……」

　埼玉県知事が絶望の表情で天を仰いでいる。そこへ、依希がやって来た。

「ちょっとパパ？　ママたちどうにかしてよ」

　そう言うと、依希が直子たちの方を指差した。大阪弁の主婦を追い出そうと揉《も》み合っている直子たちが見える。あっちもこっちも至る所でトラブルが起きている。

「何やってるんだよ……」

　智治がそう口にした時だった。テント脇で横になっている力士たちの横に置かれているペットボトルに目が留まる。太陽に照らされてキラキラと光るペットボトルを見て、智治がハッと太陽を見上げた。

「依希、お前に頼みがある」

Ⅱ

麗が琵琶湖の畔《ほとり》に立ちながら、琵琶湖周航の歌をハミングしていた。

「その歌……？」

やって来た桔梗が声をかける。

「幼き頃よく耳にした子守唄だ。何の歌なのかはわからないが」

麗がそう口にすると桔梗が言う。

「それは、琵琶湖周航の歌だ。滋賀県人なら誰もが歌える」

〝琵琶湖周航の歌？〟。この歌はマイアミビーチで母が口ずさんでいた歌だ。その歌がなぜ琵琶湖周航の歌なのか……。

「ほら、あれだ」

桔梗が指差すと琵琶湖を走る学習船、〝うみのこ〟が見える。船内には素朴そうな大勢の子供たちが乗っている。その中で授業をしているのは白いブラウスを着た瞳の綺麗な担任の先生だ。教科書を手に〝琵琶湖は海です〟と先生が口にすると、続いて子供たちも〝琵琶湖は海です〟と口を揃えて言っている。

「何をしてるんだ？」

麗が聞くと、桔梗が答える。

「あれは、滋賀県が誇る学習船〝うみのこ〟だ」

「うみのこ？」

滋賀県では小学5年生になると県内にある全小学校の生徒が〝うみのこ〟に乗り込み一泊二日で琵琶湖について学ぶことになっているのだ。

「船の上で歌った琵琶湖周航の歌は良き思い出だ。そんな幼少時教育のおかげで、滋賀県人には熱い郷土愛があるんだ」

桔梗が言うと、麗が口を開く。

「うみのこ……。ここは海ではないが」

麗の鋭いツッコミに桔梗が思わず咳《せき》払いをする。

「……だけど、埼玉県人の麗がなぜその歌を？」

桔梗が問いかけた。

「幼き頃、マイアミビーチでそばにいた女性がこの歌を……」

麗は関西圏に来てから不思議と何度もマイアミビーチにいた頃の夢を見た。それは関東にいた頃には見なかった夢だ。

「マイアミビーチ？　ここのことか？」

そう言うと、桔梗が琵琶湖の一角にある立て看板を指差した。木でできたボロボロの立て看板には〝マイアミ浜〟と書かれている。それを見た麗が驚きの表情を見せた。

「この場所はマイアミ浜と名付けられているが」

桔梗が言うと、麗の中でおぼろげだった記憶が徐々に整理されていく。ビーチで遊んでいた幼き日の麗。それを一角から見守っている女の影。その女が立っていた場所にあった〝マイアミ浜〟の立て看板。近くで揺れていた旗は滋賀県の旗だった。

ハッとした麗が滋賀解放戦線のアジトへと走り出す！

「おい⁉」

桔梗が麗の背中に向かって叫んだ。


滋賀解放戦線のアジトの中に、麗が駆けて来ると一角に飾られている女の写真を見た。その女は夢に出てきた女と同じ顔をしている。ロングヘアの上にハット帽を被り、貴族風の服の上には甲冑《かっちゅう》を纏《まと》っていて、埼玉ポーズに似たポーズをしている。

麗がジッとその写真の女を見つめている。〝どういうことだ⁉〟。頭の中はすっかり混乱していた。そこへ、桔梗も駆け込んで来た。

「麗？　どうしたんだ？」

「この女性は……？」

麗が聞く。

「滋賀解放戦線の初代リーダー。滋賀のジャンヌダルクと呼ばれていた、私の母上だ」

桔梗が答えると、麗が驚愕の表情で桔梗を見た。

「母上が何か？」

桔梗が聞くと、麗が言う。

「子守唄を歌ってくれていた女性だ……」

「何だと⁉ ちょっと待って」

桔梗が古びた棚の中から昔の写真が入ったアルバムを取り出し捲っていくと、一枚の写真を見て手が止まった。

「……まさか……こんなことが……」

桔梗が肩を震わせながらそう口にした。

「どうしたんだ？ 桔梗？」

桔梗がワナワナと震えながら振り返ると、麗を真っ直ぐ見つめた。

「兄上……だったんですね……」

「兄上……？」

　まだ理解が追いつかない麗が桔梗を見ていると、桔梗がアルバムの中から一枚の写真を取り出して見せた。それは滋賀のジャンヌダルクと幼き日の麗がマイアミビーチで微笑んでいる写真だった。

　桔梗が言う。

「母上から聞いていた。私には兄がいると……」

「お前が……私の……弟⁉」

　麗が桔梗を見つめる。桔梗もまた麗を見つめていた。

「母上は、埼玉から流れ着いた父上とここで恋に落ちたそうです」

「私の父……埼玉デュークと……？」

　麗が言うと、桔梗が頷き言葉を続ける。

「その後、父上は兄上を連れて東国へと渡った……。父上と兄上は埼玉の平和を、私と母上は滋賀の平和を実現させるために……」

「母上はその後？」

麗の問いかけに桔梗が静かに口を開く。

「滋賀の平和を願いながらも、志半ばで病死しました……」

＊

琵琶湖が見渡せる場所に麗は立ちながら、母との写真を見つめていた。

「兄上……？」

桔梗が背後から声をかけた。

「夢の中で言っていた。〝大きくなったら、ここ滋賀を救う救世主となれ〟と……」

そう言うと、麗は写真の中でポーズをしている母を見つめた。

「このポーズは……？」

麗が聞くと、桔梗が両手ともに人差し指と親指で輪っかを作りクロスさせ、二つの輪っかを重ねるポーズを取りながら言う。

「滋賀県の県章を模した〝滋賀ポーズ〟です。中央のこの丸は琵琶湖。琵琶湖を中心に円と翼で県の調和と発展を表しています」

「滋賀にもポーズが……」

麗が呟いた。

「和歌山の海辺で兄上を見た時……胸のザワメキを抑えることができなかった……」

桔梗が胸を押さえながら口にした。

「私もだ……。お前とは同じ匂いを感じていた……」

そう言うと麗は桔梗の髪を優しく撫でた。桔梗は恍惚《こうこつ》の表情を見せる。

「いけません……兄上……」

桔梗が吐息交じりで声をあげたその時だった。二人を引き裂くように鳩が飛んで来た。見上げた麗が声をあげる。

「シラコバト……？」

鳩が麗の肩に止まると、足にメモ紙がくくりつけられているのに気付く。

「百美だ」

麗が慌ててくくりつけられているメモ紙を取って中身を見た。メモ紙にはギッシリと百美からのメッセージが書かれている。麗が手紙を読み始める。

〝麗……。元気でいてくれてるよな？　浮気なんてしてないよな？　こっちは大変なんだ。甲子園に行った野球部員たちが帰って来てから、様子がおかしくて……〟。

＊

手紙到着の三日前。会長室で百美が手紙を書いていた。校内の至る所から「なんでやねん！」とツッコんでいる生徒たちの声が聞こえてくる。その中で百美は正気を失いそうになりながらも必死に麗への手紙を書き続けていた。

〝とんでもないことがわかった。甲子園から持ち帰って来た砂を顕微鏡で調べてみたんだ。そうしたら、甲子園の砂に混じって謎の白い粉が入っていたことがわかった。その白い粉は、〝なんでやねん！〟の声に反応するたびに集まってくっ付いていき、㊟の形へと変わったんだ〟。

時折咳き込みながらも百美は必死に手紙を書き続ける。〝昔、お父様に聞いたことがあるんだ。大阪は、都構想を練り、東京から首都を移転しようとしているって。だけど、都構想に敗れ、今は密かに〝全国大阪植民地化計画〟を企《たくら》んでいるって……〟。

朦朧とする意識の中で、百美は最後の力を振り絞ってペンを走らせる。

〝僕もいつまで……正気でいられるか……わからない……。何だか……体が勝手に……〟。

手紙を書き終えた百美がシラコバトに手紙を託した。そして、必死に抗うも「な……んで……やねん……」とツッコんでしまうとそのまま倒れこんだ。

＊

「百美⁉」

手紙を読み終えた麗が空を見上げ口にした。

「兄上？」

「まずい……。このままでは日本全土が大阪になってしまう」

「どういうことですか？」

桔梗が驚きの表情でそう聞くと麗が言う。

「あの白い粉は日本を大阪の植民地にするためのものだったんだ！」

Ⅲ

テレビの中、〝空前の阪流ブーム〟と題されたニュース映像が流れている。渋谷の109前で〝551の豚まん〟を食べている若者たちが映っている。その映像に合わせてキャスターの声がする。

〝今、日本中で空前の阪流ブームが沸き起こっています〟。

場面が変わると、大ヒット阪流ドラマ『大阪に不時着』、『心斎橋《しんさいばし》クラス』、『冬の西《にし》成《なり》』のポスターが次々に映し出される。流れてくるキャスターの声。

〝大阪に不時着、心斎橋クラス、冬の西成。放送されたドラマはどれも高視聴率をマークし――〟。

さらに場面が変わると、通天閣前で撮影したドラマ名シーンが映し出される。

「カンチ！」

「リカ！」

「セックスせえへん」

キャスターの声が続く。

〝現在放送中の、大人気阪流ドラマ〝大阪ラブストーリー〟の放送日には、夜の街から人が消え――〟。

画面が変わると、歌って踊る阪流アイドル〝ＯＴＢ《大阪・たこ焼き・ボーイ》〟が歌いながら踊っている映像へと切り替わる。キャスターの声が続く。

〝阪流アイドル、ＯＴＢの楽曲はビルボードランキング1位を獲得し、たこ焼きダンスがカッコいいと話題に〟。

場面は、渋谷、表参道《おもてさんどう》、青山、新宿、東京の至るところをヒョウ柄の服を着て歩くおばちゃんたちが占拠している映像へと切り替わる。

〝そして、日本全国至る所で阪流ファッションの代名詞〝ヒョウ柄〟服が大流行しています〟。

嘉祥寺家のリビングでソファの上にもたれ合いながらテレビを観ていたのは、神戸市長と京都市長だ。

「何が阪流ブームや。お前の旦那もえらい捏造《ねつぞう》したもんやなぁ」

京都市長が神戸市長の髪を撫でながら口にした。

「ええやんか。この計画がはよ終われば、やっとあのうっとおしい男と別れられるんやから」

神戸市長が甘えながら言うと、ウットリと京都市長を見つめた。二人の付き合いは長い。神戸市長が嘉祥寺と結婚する前から恋仲となり、結婚後も密かに交際を続けていたのだ。

「利用するだけしといてほかすんか」

京都市長が神戸市長を見つめそう口にした。

「うちが大阪の男に惚れるわけないやろ。それも古墳しかあらへん堺《さかい》出身やで？　南《なん》海《かい》電鉄であの過疎地帯の和歌山まで繋がってる堺やで？　ほんま身震いするわ」

神戸市長が吐き捨てるように口にすると、京都市長がその唇を指で優しく撫でた。

「えげつない女やなぁ」

「あんたもおんなじやん。悪い男や」

そう言いながら神戸市長も京都市長の唇を優しく撫で返す。

「わしは昔から、はいからな女が好きなんや」

ニッコリと微笑むと京都市長が神戸市長にキスをし、ソファへと押し倒した。その時だった。嘉祥寺がガタンと乱暴にドアを開けて入って来た。二人は慌てて離れる。

嘉祥寺は二人を一瞥《いちべつ》すると、神戸市長が取り繕うように口を開く。

「あんた？　麻実麗はまだ見つからんの？」

嘉祥寺が神戸市長に冷めた視線を送りながら言う。

「あの男のことはもうどうでもええ」

「どうでもええ？」

神戸市長と京都市長には嘉祥寺の言葉の真意が読み取れない。

「準備が最終段階に入ったっちゅう報告が入ったわ。3日以内には完成するいうてな」

そう言うと、嘉祥寺がニヤリと笑った。


その頃。大阪甲子園球場の地下施設では白い粉が入った袋を運んでいる県人たちの姿があった。その前で施設長の女が檄《げき》を飛ばしている。

「運び出すんや！　サボったらスタンプやで！」

その姿を、捕えられてしまった信男たちが牢屋の中から見ていた。麗を逃した罰として、他県の者たちとの交流を遮断するためにアンダーフォーティーズの牢獄にも入れさせてもらえず、ろくな食事も与えられない狭く暗い独居房に閉じ込められていた。信男の背後では空腹に耐えかねて苦しんでいる支部長たちの姿が見える。

「あれは一体何を？」

信男が口にした時、牢屋の扉が開くと乱暴に放り込まれた者たちがいる。アワビとサザエだ。

「お前たち⁉」

信男が声をあげた。サザエとアワビは粉不足の禁断症状に陥っているのか、虚ろな目をしながら〝大阪には〜、うまいもんがいっぱいあるんやで〜〟と口ずさんでいる。

「おい、しっかりせえ！」

浦和支部長が二人の肩を摑み揺らしながら言った。だが、サザエとアワビの耳には届かない。相変わらず目は虚ろなままで〝イカ焼き〜、バッテラ〜、粟《あわ》おこし……〟と歌い続けている。その時、信男がハッと何かを閃《ひらめ》くと、サザエとアワビが持っている貝殻を手にして二人の耳元に当てた。

「ほれ、海の音聞くんや！」

貝殻から微かに聞こえてくる波音……。それを聞いた瞬間、サザエとアワビの歌が止まった。

＊

嘉祥寺家の地下には広いホールのような場所がある。その中央には人の頭くらい大きな水晶玉が祀《まつ》られている祭壇がある。重厚な扉が開くと、嘉祥寺が入ってきた。内壁はどこもかしこも金色で部屋全体が光り輝いて見える。

「いよいよや。いよいよ、オカンの悲願、大阪が天下を取る日がやって来ますわ……」

嘉祥寺は水晶玉を見つめながらあの日のことを思い出していた。

あの日とは、嘉祥寺の母である元大阪府知事が天に召された日だ。嘉祥寺の母は、この部屋で来る日も来る日も水晶玉に念を込めていた。大阪が天下統一できるようにと。

それを上半身裸の粉の民たちが一糸乱れぬ動きで体を上下に揺らしながら、呪文のように〝コナコナコナ……〟と口にしている。嘉祥寺の母は中央に鎮座している水晶玉の前で怨念を込めながら祈りを捧げている。その後ろで嘉祥寺も座禅を組み祈りを捧げていた。

「我に力を与え給《たま》え……！　なんでやねん……なんでやねん……」

嘉祥寺の母が水晶玉を撫でるように両手を動かしている。粉の民たちは〝コナ、コナ、コナ、コナ、コナ〃と口にしながら体を上下に揺らし続けている。
嘉祥寺の母と嘉祥寺がお経を唱えるがごとく、「なんでやねん、なんでやねん」と口にしながら水晶玉に怨念を込めていく。

「なんでやねん、なんでやねん、なんでやねん、なんでやねん、なんでやねん、なんでやねん、なんでやねん、なんでやねん、なんでやねん、なんでやねん、なんでやねん、なんでやねん」

〃なんでやねん〃の声に呼応するように水晶玉がどんどん光を放っていく。〃コナ、コナ、コナ、コナ、コナ〃と体を上下に揺らし続ける粉の民たち。
「なんでやねん、なんでやねん、なんでやねん……！」
光る水晶玉の中に徐々に浮かび上がってくる阪の文字。それと同時に、嘉祥寺の母は力尽きたようにバタンと倒れた。

＊

風に吹かれ琵琶湖が波を立てている。それを静かに見つめているのは麗だ。大阪とどう戦えば良いものか、何かいい策はないかと考えているのだ。甲子園の地下には信男たちを待たせている。〝必ず迎えに来る〟。そう約束したものの打つ手がないのが現状だ。重苦しい空気の中、隣にいる桔梗も麗に話しかけられずにいた。そこへ、美湖がやって来ると「どうぞ、近江のお茶とサラダパンです」と麗の前に差し出した。

「ありがとう……」

麗が物珍しげな顔で滋賀名物の一つであるサラダパンを手に取った。たくあんとマヨネーズを混ぜたものがパンに挟まっている。ここ滋賀県でしか見ることがない食べ物だ。

「大阪人は商い上手で口もうまく、人を笑わせるのが好きな人情深い人たちでした。そやけど、都構想が失敗し、元府知事の後を継いだ息子、嘉祥寺晃のせいで……何故だか急に変わってしまったと」

美湖が話し出したのを麗は黙って聞いていた。

「同じ琵琶湖の水で生きているのに……どうして我々だけが虐げられなアカンのか」

美湖がそう言った時であった。麗がその言葉に引っ掛かりを覚えた。

「琵琶湖……？」

麗が呟いた。とそこへ、ガタイのよい男が急ぎ足でやって来ると言う。

「桔梗様！　大阪に潜っとる同志たちから報告が。淀川《よどがわ》の水辺んとこに白い粉を生み出す粉の実が栽培されていることが判明したんですわ」

「お兄様……！」

男を見た美湖が声をかけた。男は美湖の兄、晴樹だった。

「美湖。戻っとんたんか」

「はい」

だが今は久しぶりの再会を喜んでいる場合ではなかった。桔梗が言う。

「粉の実はどこにあったんや？」

晴樹が大阪の地図を取り出すと「ここですわ！」と指を差した。

「それやったら、そこを討ち滅ぼすことが出来れば……」

桔梗が口にすると、晴樹が首を振った。

「それが……粉の実の周りには、関西最強の連中が警備をしとって……」

「何やと⁉」

淀川近くには粉の実が生い茂っており、その周りには金属バットや竹刀を手にした学ラン姿の関西最強と呼ばれる者たちが警備をしているのだと言う。過去にも、粉の実を盗もうと侵入した滋賀県人が彼らに見つかりボコボコにされたという事件もあった。もちろんそれは大阪部隊の力で揉み消されてしまったのだが。

「そやけど、他に大阪植民地化を食い止める方法が……」

桔梗がそう口にした時だった。麗が静かに口を開く。

「いや、一つだけある」

麗を桔梗たちが一斉に見た。麗が言う。

「滋賀、奈良、和歌山の解放戦線員たちを集めてくれ」

滋賀解放戦線のアジトの中に集まって来たのは滋賀、奈良、和歌山の解放戦線員たちだ。その格好は皆一様にフンドシ姿で全て藁《わら》で作った衣服を身に纏っている。その前に、麗と桔梗、そして美湖と晴樹がいる。突然夜中に呼び出されたからか、解放戦線員たちは眠そうに欠伸をしたり、わかりやすく不貞腐《ふてくさ》れている者たちで溢れている。その中、麗が解放戦線員たちに向かって話し始める。

「甲子園の地下で、不当に強制労働を強いられている同志たちがいる。その目的は、白い粉を使って日本を大阪の植民地にすることにあった」

麗の言葉に解放戦線員たちがざわつき始めた。

「我々は力を合わせ、大阪植民地化を防ぎ、同志たちを救出して、大阪の悪事を公のものとする！」

麗が高らかにそう宣言した。

「どうやってそんなことを……？」

美湖が麗に問いかけた。その疑問は解放戦線員たちみんな思っていることであった。

大阪を相手にして勝てるわけがない。誰もが黙って俯《うつむ》いている。そんな解放戦線員たちを見つめると麗が言う。

「……琵琶湖の水を止める!」

ざわつく解放戦線員たち。麗がさらに話を続ける。

「琵琶湖の水が止まれば、三日ほどで淀川に生息する粉の実に水が行き渡らなくなり枯れるであろう。奴らは焦り、大軍を引き連れ、ここ滋賀県にやって来るはずだ。その隙に、私は甲子園で囚われている者たちを解放しに向かう!」

麗の言葉に最初に反応したのは大津支部長だ。

「何考えてんねん! 琵琶湖の水を止めれば滋賀は水没するぞ!」

支部長たちが追随するように「そうや、そうや!」と口々に言う。堪らず麗の近くに立っていた晴樹も口を挟む。

「その通りや。琵琶湖には117本もの川の水が流れこんでます。そん中で淀川と繋がってんのは瀬田川の1本のみ。それ止めてもうたら滋賀が……水没してまいます……」

「それは百も承知だ。だが勝つにはそれしかない」

「貴様！　収穫を間近に控えた水田を潰す気か！」

頑なな麗に草津《くさつ》支部長が声を荒げて言った。続けて彦根支部長も口を開く。

「埼玉の人間やから平気でそんなことが言えるんや！」

大津支部長も続く。

「そうや！　とっとと埼玉に帰れ！」

解放戦線員たちが麗に「帰れ！　帰れ！」と口々に言う。その時だった。麗が解放戦線員たちを見つめると言う。

「私にも滋賀県人の血が入っている」

驚く解放戦線員たち。

「私は、埼玉と滋賀のハイブリッドだ！」

麗が続けてそう言うと、〝ハイブリッド⁉〟と解放戦線員たちがさらにざわつく。

「兄上……」

桔梗が麗を見つめ口にした。

「兄上……⁉」

晴樹がそれに反応するも、麗が話を続ける。

「滋賀を愛する気持ちはお前たちと一緒だ。今ここで戦わなければ、日本全土が大阪になってしまう。それでいいのか⁉」

麗の言葉に一瞬解放戦線員たちが押し黙った。だが――。

「いいんじゃないんすかね。それより水田の方が大事だ」

大津支部長が言った。滋賀解放戦線員たちが同調するように頷く。

「みんな生活かかってるしな」

奈良解放戦線のリーダーがそう言うと、「そうだ！　そうだ！」と和歌山解放戦線の副リーダーもそれに続いて口にした。

「そもそも、俺たち田舎県が束になったって大阪に勝てるわけないしな」

長浜支部長がポツリと口にすると、それに頷く滋賀、奈良、和歌山の解放戦線員たち。

そこまで言われ今度は麗が押し黙った。琵琶湖の水を止めるなどという暴挙とも取れる行動は、滋賀県人の心が一つにならなければできるものではない。もしも、みんなが反対するのであれば麗にはどうすることもできない。その時は諦めるしかないのだと麗はどこかで覚悟をしていた。もはやここまでなのか……。そんな重苦しい空気が流れた時だった。ここまで黙って聞いていた桔梗が拳をギュッと握りしめながら口を開いた。


「ゲジゲジ、ゲジナン……」

麗たちが桔梗の方を見た。ゲジゲジと聞いて一際反応しているのは滋賀県人たちだ。

美湖と晴樹が悔しそうに目を伏せた。桔梗が言葉を続ける。

「琵琶湖県、滋賀作、近畿の水瓶《みずがめ》……！」

桔梗が叫ぶと、美湖ら滋賀解放戦線員たちが苦しそうな表情を見せ始めたのが見て取れる。

「我々は、幼き頃から滋賀県人を揶揄する言葉をごまんと浴びてきた……。それやのに……」

そこまで言うと、桔梗が歯を食いしばりながら滋賀解放戦線員たちを見た。

「お前らは風に吹かれればすぐ止まる湖西線《こせい》か⁉」

美湖たちが目を伏せるだけでなく顔までも背けた。

「琵琶湖大橋か近江大橋、上か下、どちらから渡るかしか考えることができないバカなのか⁉」

滋賀県人ならば誰もが考えていることを的確に言葉にされて、美湖たちはぐうの音も出ないでいる。

「滋賀には織田信長公が作った安土城があった。それを未《いま》だに誇りにしているのか⁉　いい加減にしろ！　今は何もないただの禿《は》げ散らかした山や！」

美湖たちの顔に悔しさが滲み出てくるのがわかる。桔梗の言う通りだ。ただの禿げ散らかした山を見ながら昔はここに安土城があったのだと誇らしげに友人たちと語りあった過去を誰もが持っていた。

桔梗が比叡山《ひえいざん》が描かれている地図を取り出すと滋賀解放戦線たちに向けて言う。

「これを見ろ。比叡山延暦寺《えんりやくじ》！」

美湖たちは次に何を言われるかそれだけで理解し、顔を背けた。

「滋賀県大津市に位置するにもかかわらず、境内のたった2割が京都に触れているばかりに、京都の名所として扱われている！　何たる屈辱……！」


これもまた桔梗の言う通りだ。京都の観光名所として比叡山は堂々と京都のガイドブックに載っているのだ。それを滋賀県人たちは甘んじて受け入れてきた。所詮観光で滋賀に来る者たちなどいない。ならば、多くの観光名所を持つ京都に譲ってあげることが正しいのではないのかと。その時だった。奈良解放戦線員のリーダーが思わずプッと笑った。それを桔梗は見逃さない。

「奈良？　笑っている場合か？　お前らだって、鹿、大仏、１３００年以上も時が止まったままだと揶揄されているじゃないか！」

思わぬ飛び火に、今度は奈良解放戦線員たちが目を伏せる。

「和歌山だってそうや。過疎地帯、陸の孤島、関西のお荷物扱いされて悔しくないのか⁉」

これまた飛び火した和歌山解放戦線員たちが目を伏せる。

「お前らがそんなんだから、同じ近畿圏であるはずの三重は中部地方へと逃げて行ったんやないんか！　悔しくないんか！」

解放戦線員たちは今にも泣き出しそうだった。だがそれでも誰も口を開くことはできない。滋賀、奈良、和歌山は、長い間弱小関西チームである自覚を持ち、揶揄されることを我慢し受け入れてきた。それが身についているのだ。そうそう簡単に強者である大阪に反旗を翻すことなど出来ない。

「悔しいです……！」

美湖が肩を震わせ顔を真っ赤にしながら叫んだ。麗たちが美湖を見る。

「私は！　京都で散々迫害を受けてきました……」

美湖は思い出していた。舞妓として京都に潜入していたとき、滋賀県人である美湖はお茶屋の暗く湿った床下に住まわされていたのだ。そこで女将からいつも言われていた言葉がある。

「ゲジゲジの滋賀県人はそこらへんの害虫でも食べといたらよろし」

「何ですか？　ゲジゲジって……？　私には足は30本もついていません！」

美湖が泣きながら叫んだ。

「私たちやって同じ星に生きる人間です！」

美湖の魂の叫びで、滋賀県人たちの顔色が変わっていくのがわかる。

「滋賀が犠牲になることで、この差別がなくなり、救える人たちがいるならば……私は琵琶湖の水を止めることに賛成します！」

美湖は強く固い決意の表情を見せている。

「美湖……」

晴樹の目にも涙が滲んでいる。いや、晴樹だけではない。麗、そして桔梗の目にも涙が滲んでいた。

「そうだ……差別を受けたままでいいわけないよな……」

大津支部長が口を開くと彦根支部長も「ああ、みんなで戦おう！」と続けて口にした。それを皮切りに、「おー！」、「そうだ！　やるぞ！」、「大阪を倒すぞ！」と解放戦線員たちが次々に拳を振り上げていく。それを見ながら麗は胸が熱くなっていくのが自分でもわかった。麗が桔梗を見て頷く。桔梗は右腕で涙を拭うと解放戦線員たちを見た。

「皆の者、胸を張れ！」

解放戦線員たちが胸を張り桔梗を見る。

「遥か昔より、琵琶湖氾濫の際には、大阪・京都が洪水の被害に遭わぬようにと、滋賀県だけが水没の犠牲を強いられてきた」

桔梗の話を滋賀解放戦線員たちが胸を張りながら聞いている。

「今回はこの国を守るために、自ら進んでこの犠牲を受け入れようやないか！」

解放戦線員たちが力強く頷いた。

「兄上……」

今度は桔梗が麗を見て頷いた。麗は埼玉ポーズを決めると、ゆっくりと手を移動させて滋賀ポーズへと変えた。そこには、埼玉から滋賀へ、そういった想いが込められている。桔梗たちが麗を見つめていると、麗が力強い声で言う。

「瀬田川洗堰《せたがわあらいぜき》の水門を閉じ、琵琶湖の水を止め、敵を迎え撃つ」

滋賀ポーズをする解放戦線員たち。

「皆の者、いざ、出陣じゃ！」

麗が拳をあげて高らかに宣言すると、解放戦線員たちが「おー！」と拳をあげて応えた。麗たちは大阪を倒すために立ち上がった。

ラジオから聞こえてくるＤＪの声〝こうして、麗たちは一丸となり戦う決意をしたのです〟。

「何て切ない話なの……。琵琶湖の湖畔には、母の実家がまだあるの。小さい頃、私もよく遊んだ場所なのに……」

直子がこぼれ落ちる涙をハンカチで拭いながら口にした。一緒に聴いていた主婦たちも涙ぐみながら直子の背中を摩《さす》っている。

その一方、グラウンドでは綱を前に睨みあっている大宮勢と浦和勢があった。応援席でも大宮勢と浦和勢の白熱する応援合戦が火花を散らしている。

埼玉県知事は運営席から戦々恐々とした表情でそれを見ていた。

「まずいぞ……。このままでは死人が出る……」

もはや埼玉県知事の顔に余裕は全く見られない。流れ出てくる冷や汗をハンカチで拭いながら時折祈るように天を仰ぐ。そんな中、依希が智治の元に黒いマジックを持って来た。

「パパ、持ってきたよ」

依希からマジックを受け取った智治が何やら神妙な顔を見せる。

「終わりだ……。これで埼玉は分裂……。ただでさえ低い投票率が過去最低に……」

埼玉県知事がブツブツと口にしていると、智治が来て言う。

「知事。この審判は私がやります！」

第四章

I

滋賀解放戦線のアジトで、麗と桔梗たちが地図を見ながら話していた。

「大阪の軍勢は？」

麗が桔梗に聞く。

「おそらく、10万人近くはいるのではないかと……。そこに、京都と神戸が加われば倍に膨れあがる」

「うちの軍勢は？」

　麗が美湖に聞いた。

「どんなにかき集めても、５千人に届くかどうか……」

「水門を止めたところで、一斉に攻め込まれれば終わり」

　麗がそう口にした。圧倒的な兵力の差に桔梗たちの顔が曇る。

「だが、今からうちの軍勢を増やす方法はある」

　桔梗たちが驚きの表情で麗を見た。続けて麗が言う。

「水門を閉じれば、遅くとも1日で気づかれるだろう。それまでに兵力をあげ、湖畔に住む滋賀県人たちを彦根城へと避難させるんだ」

＊

　翌日の朝。瀬田川洗堰の水門はダムのような造りの堰の上にあった。琵琶湖から流れ出る唯一の天然河川だ。ここから京都、大阪へと水が流れ着く。大阪部隊は必ずここに来るはずだ。

麗の指示を受けた解放戦線員たちが水門を管理している管理棟へとやって来るとみんなで大きな水門のハンドルを力任せに回し始める。

そして、水門が閉じられた――。

＊

嘉祥寺が自宅のリビングにいると、そこへ筒井と永海が険しい表情をしながら駆け込んで来た。

「府知事！　貯水場の職員から淀川の水位が下がっとるっちゅう報告が！」

「何やと⁉」

嘉祥寺が声をあげた。永海が続けて言う。

「職員が原因を調べたところ、瀬田川洗堰の水門が閉じられとると。このまま全て閉じられてしまえば粉の実が枯れてまいます！」

〝どういうことだ⁉〟。嘉祥寺の顔がみるみるうちに曇っていく。

筒井が報告を続ける。

「さらに、滋賀、奈良、和歌山が手を組んだっちゅう情報も！」

そこまで耳にすると、嘉祥寺がハッとした顔を見せた。

「麻実麗や……。あの男の仕業や」

嘉祥寺が呟くように口にした。その隣で明らかに苛立っている神戸市長が吐き捨てるように口を開く。

「はぁ？　あんたが放っとくからやんか！」

「黙っとれ！」

嘉祥寺が声を荒げた。

「一人残らず甲子園にぶち込んだらぁ。大至急、大阪部隊を招集せぇ！」

そう言い捨てると嘉祥寺は肩で風を切りながら出て行った。

「ねぇ、あんた〜。あの男に任せとってえぇの？」

残された神戸市長が甘えるように京都市長にしなだれかかった。

京都市長はニヤリと笑うと目を光らせ口を開く。

「応仁の乱以来のいくさやなぁ」

＊

夕方になり、辺り一面が薄暗くなり始めていた。瀬田川洗堰へと続く道を、嘉祥寺が大勢の大阪部隊を引き連れ歩いていた。

「止まれ……！」

嘉祥寺が前方を見上げると声をあげた。水門のある堰の上には無数の人影が見える。

「ん？　何やあれは？」

嘉祥寺が双眼鏡で堰の上を確認した。

「どういうこっちゃ？　ありえへん……！」

堰の上で立っている無数の人影が見えたのだ。何本もの背旗が風で揺れている。

「敵は微動だにしません！　かなり高度な訓練受けた者らやと思われます！」

筒井も双眼鏡で見ながらそう声を上げた。

「奴らの軍勢は？」

嘉祥寺が永海に聞く。

「10万……、いや、15万人以上はおるかと……」

「ボケが。どないして集めたんや……。おい！　大阪最強部隊、岸和田《きしわだ》の連中はまだか⁉」

嘉祥寺が怒声を浴びせる。

「それが……だんじり中やとのことで、そっちを優先すると」

筒井が申し訳なさそうに目を伏せながら答えた。

「それはしゃあないな……」

岸和田に住むものたちにとって祭り事は何より優先される。同じ大阪人として嘉祥寺はそこには理解があった。それに、無理に呼んだところで祭りのことで頭が一杯な岸和田の連中が暴走しないとも限らない。

そこへ、日傘を差した神戸市長と京都市長が部下たちを引き連れやって来た。

「お前たち……？」

嘉祥寺が声をかけると、神戸市長がニンマリと笑って答える。

「うちね、琵琶湖にある竹生島《ちくぶしま》だけは欲しいんよ。あそこは日本三大弁天の一つやろ。弁天様は美しい女神様やで。仲ようせんとね」

その隣で京都市長が扇子で仰ぎながら口にする。

「それ以上綺麗になったら困ってまうな」

「またそんなこと言うて〜、市長ったら〜」

神戸市長と京都市長がイチャつき始める。嘉祥寺がそれをイラっとした顔で見た。

「アホが……」


堰の上には麗たちの陣営がある。桔梗が双眼鏡で嘉祥寺たちの動きを見ていた。

桔梗の隣には麗が立っている。

「決戦は夜が明けた明朝……」

麗が静かに口を開く。そして日はすっかり落ち、辺り一面は暗闇に包まれた。

朝日が舞い込んでくる。グッタリと寝ている嘉祥寺たちがいた。その中で、一人神戸市長が双眼鏡で麗たちの様子を見ていたその時だった。

「ん……？　何やのあれ？　あんた、起きて。あれを見ぃ！」

神戸市長が声を上げた。その声で目覚めた嘉祥寺が神戸市長から双眼鏡を乱暴に奪い取ると麗たちの陣営を見た。大軍に見えていた影、それは大量の〝とび太〟だった。

「人ちゃうやんけ……」

嘉祥寺が驚嘆の声をあげた。

「あれは……噂に聞く、滋賀に生息する交通安全の人型看板、とびだしとび太こと、とび太や！」

京都市長が言った。

「とび太⁉」

神戸市長が初めて耳にするふざけた名前に声を荒げた。

「舐めくさりよって。行くで！」

嘉祥寺が檄を飛ばすと大軍を連れて先へと進む。

その様子を堰の上から双眼鏡で見ていた麗が口を開く。

「気づいたな……。動き出すぞ」

麗が言うと、桔梗が頷いた。

「兄上、ここは任せて行って下さい」

「ああ、頼んだぞ」

そう言うと、麗は甲子園へ向けて走り出した。

桔梗が背後に立っている解放戦線員たちの前に立った。

「間もなく、大阪が軍勢を引き連れここに来んで！　あんたら、準備はええな！」

「はい！」と美湖たちが力強く返事をする。

滋賀県の瀬田川洗堰へと続く道に、嘉祥寺たちがやって来た。すると、その先の行く手を塞ぐように立っている何体ものとび太が現れる。

「こないなとこにもとび太が。行け！　なぎ倒すんや！」

嘉祥寺が右手を振り突破の合図をすると、「おー！」と、とび太に向かって行く大阪、神戸、京都の連合部隊たち。だがその時！

「うわっ！」

筒井が鼻を押さえながら倒れ込むと悶え苦しむ。

「どないしたんや⁉」

同じく鼻を押さえながら悶えている永海が答える。

「げ、激臭が……！」

「激臭⁉」

「鮒寿司ですわ！　鮒寿司が擦りつけられてますわ！」

筒井がとび太に擦りつけられている鮒寿司を見せた。

「小癪《こしゃく》な真似を……！　鼻つまんで突き進むんや！」

嘉祥寺たちが鼻をつまみながらとび太を倒していく。

一方その頃、麗は獣道を走っていた。ふと空を見上げると、遠くの方にドス黒い雨雲が見えてくる。麗はハッとして桔梗たちがいるであろう来た道を振り返った。

桔梗が陣営から双眼鏡で見ていると、嘉祥寺たちがついに堰の麓まで辿り着いたのを確認する。

「来たで……！」

桔梗が解放戦線員に向かって叫んだ。

嘉祥寺は堰の上を陣取っている桔梗たちを見上げていた。

「ここまでや。おう、例のもん準備せえ！」

嘉祥寺が筒井たちに指示を出すと、「はい！」と筒井たちが何やら準備を始めた。

「戦意喪失さしたるわ。行くで」

嘉祥寺が鼻を鳴らしながらそう口にした。

桔梗が連合部隊の様子を双眼鏡で見ていると、連合部隊が慌ただしく動き出しているのが見える。

「何をする気や……？」

桔梗がそう口にした時だった。山の下から大阪府出身の〈菅《す》田《だ》将暉《まさき》・箕面《みのお》市〉の顔がプリントされた巨大な旗が高らかに上がってきた。それを見た解放戦線員たちざわつき始める。

「若手実力No・1の呼び声が高い超売れっ子俳優……。出たな、出身地対決……。迎え撃つで！」

桔梗がそう叫ぶと右拳を振り上げた。

嘉祥寺が双眼鏡で桔梗たちの様子を見ている。田舎県が束になったところで出身地対決で天下の大阪が負けるわけがない。嘉祥寺が余裕の笑みを見せていた時。

「ん？　誰や……？」

堰の上から吊り下げられている芸能人の旗が見える。風で揺れていて一瞬誰だかわからないが、よく見るとそれは滋賀県出身のあの〈西川貴教《にしかわたかのり》・彦根市〉の旗であることがわかる。

「消臭力！　風をつこうた見事な演出……！」

嘉祥寺が思わず感嘆の声を上げると、神戸市長が鼻で笑う。

「何狼狽《うろた》えてんねん。滋賀にはあれしかおらんのやから、くるに決まっとるやろ。うちが息の根止めたるわ」


桔梗たちが双眼鏡で見ていると、連合部隊が一人ひとり手に持ったパネルをひっくり返した。神戸出身の〈北川景子《きたがわけいこ》・神戸市。戸田恵梨香《とだえりか》・神戸市〉のモザイクアートだ。

「大人気美人女優の二枚看板……！　いや、待ち。まだ出てくんで！」

桔梗がそう声を上げるとパネルがクルッと回転し、神戸出身の〈浅野《あさの》ゆう子・神戸市〉のモザイクアートへと変わった。

「元祖トレンディドラマの女王です……！」

美湖が興奮気味に声をあげた。桔梗が唇を嚙《か》んだ。

「さすが神戸。層が厚いわ……！」

京都市長が双眼鏡で桔梗たちの様子を窺っていた。その隣で神戸市長が勝ち誇ったように笑っている。

「どう？　これで息の根止めたやろ」

だがその時、京都市長が顔を曇らせた。

「ん、来はるで……！」

堰の上から舞い上がって来たのは、奈良県出身の〈加護亜依《かごあい》・大和高田《やまとたかだ》市〉と〈せんとくん〉が描かれた気球だ。

「あれは……アイドル界の問題児と平城遷都１３００年記念事業で誕生した公式マスコットキャラクター！」

嘉祥寺が声を上げた。

「弱い……？」

神戸市長が戸惑いながら口にする。

「いや、強い？　どっちとも取れる絶妙な組み合わせや……」

嘉祥寺が複雑な顔で口にすると、神戸市長がハッと声をあげる。

「まだ何か来る……！」

堰から巨大な気球が新たに浮上し、プリントされている〈明石家《あかしや》さんま・和歌山県串本《くしもと》町生まれ奈良市出身〉の顔が堰の上に浮かぶ。

「和歌山生まれの奈良育ち。田舎県と田舎県をミックスさして出来上がった、お笑い怪獣……。クッ、やるやんけ……」

嘉祥寺が思わず崩れ落ちそうになる体を必死で堪えた。

「ハァン？　和歌山生まれ？　海と山しかない日本屈指の田舎県が出しゃばらんといて！　あんた、ここは出番や！　頼んだで！」

神戸市長が京都市長に檄を飛ばす。

「任せときぃ」

桔梗たちが相手の出方を双眼鏡で見ている。正直、お笑い怪獣は最後のカードであった。これ以上強いカードはもう持ち合わせていない。頼む……ここで終わってくれ。桔梗たち解放戦線員が祈るように見つめていると、その願いも虚しくまたもや連合部隊がパネルを回転させた。

「ん？　まさか⁉　あのお方は……」

桔梗がそう口にすると思わず後ずさった。現れたのは京都で名を馳《は》せたあの桓武《かんむ》天皇の人物画だったのだ。

「第五十代天皇、桓武帝です……！」美湖が言う。

「７９４うぐいす平安京……！　京都で千年以上もの都を築き上げた立役者！　……クッ、いじりづらい……」

桔梗が悔しさを滲ませながら口にした。

「あれは卑怯です！　反則ですよ！」

美湖が煽《あお》るように口にすると、桔梗が言う。

「そっちが反則技を使うねやったら……」

京都市長がニンマリと笑うと「勝負ありやな……」と口にした。これぞ京都の強み。歴史ではどの都道府県にも負けはしない。とその時だった。堰の上から旗が下がってくる。それは和歌山県出身の〈藤原紀香《ふじわらのりか》〉の旗だ。

「藤原紀香……！　って……」

そこまで口にすると、思わず神戸市長が自分を指さした。

「どういうことや？　藤原紀香の出身は兵庫の西宮《にしのみや》やろ？」

京都市長が首を捻りながら口にする。その隣で神戸市長が明らかに目を泳がせている。すると、その上からさらに旗が下がってきた。その旗は『紀《き》の川《かわ》市フルーツ大使』としてフルーツのマスコットを手にニッコリと微笑む藤原紀香だった。

「わ、和歌山県紀の川市……!?」

京都市長が信じられないといった表情で神戸市長を見た。

「知らんかったんか。こいつはな、ほんまは和歌山産や」

嘉祥寺がそう吐き捨てた。

「あんた……何でそれを⁉」

神戸市長が動揺しながら口にすると、京都市長が鼻をつまんだ。

「産地偽装しとったのか⁉」

「違う……！　あれは何かの間違い――」

神戸市長が必死に弁明しようとするが、旗の中の藤原紀香は満面の笑みだ。

「楽しそうに写ってるやないか！」

京都市長が旗を見ながら口にした。

「いや、両親の関係で兵庫とのハイブリッドっていうか……」

神戸市長が口ごもる。

「もうええ。お前らはここまでや」

醜い争いを続ける二人を嘉祥寺が遮った。

「は？　なんて？」

「勘違いすな。利用しとったんはこっちの方や」

神戸市長と京都市長が同時に嘉祥寺を見た。

「京都、神戸と揉めとったら、植民地化計画が進めへん。せやから、好きでもない女と結婚して、いけすかん京都も味方につけた」

嘉祥寺がついに二人に本性を見せた。嘉祥寺は神戸市長に〝愛〟などなかったのだ。嘉祥寺が愛するのは〝大阪〟だけだ。大阪を日本の首都にする。そのためならば、どんな犠牲も厭《いと》わない。

「おう、こいつら仲よう大阪湾に沈めたれ」

筒井と永海が神戸市長と京都市長の腕を掴んだ。

「何するん⁉」

神戸市長が必死に抵抗をする。

「やめんか、離しなさい！」

京都市長も抵抗を示すが、大阪部隊によって連れ出されていく。

桔梗がそんな嘉祥寺たちのゴタゴタを双眼鏡で見ていた。

「よし、今や……！　攻め込め！」

桔梗の合図で動き出したのは、彦根市松原《まつばら》水泳場のプラットフォームで待機していた、自作の飛行機を押して走る男たちだ。松原水泳場と言えば、毎年人力飛行機の滞空距離および飛行時間を競う競技会、〝鳥人間コンテスト〟が開催される場所だ。これは桔梗が考えついた秘策だった。翼とプロペラのついた自転車を漕《こ》ぐと空が飛べるという人力の飛行機で、空高く飛び立った鳥人間たちが突如大阪部隊がいる場所へと降り立ち奇襲攻撃を仕掛けるのだ。

勢いをつけると、いざ鳥人間が飛び立った！　その機内で必死にペダルを漕ぎながらブツブツと呟いている男がいる。

「諦めるな……。風を、風を拾うんや。フルパワーや！！！」

鳥人間が琵琶湖の上空を飛ぶ。が――、すぐさま落下した。後へと続き、他の鳥人間たちも次々に飛ぶが、全て落下していく……。

桔梗が解放戦線員に向かって檄を飛ばす。

「何をやってんねや！　大阪陣営まで届く鳥人間はいやへんのか！」

晴樹が答える。「いてません！」――と。

嘉祥寺たちの場所からはその様子が全く見えない。ただ何やら桔梗が背後に向かって声を荒げている姿だけが見える。

「ん？　何してんねん？　お遊びはここまでや。管理棟や！　そこへ向かうぞ！　突き進め！」

嘉祥寺が叫ぶと、大阪部隊は管理棟に向かって一斉に走り出した！

桔梗が動き出した嘉祥寺を見た。

「くんで。水門を全て閉じ、粉の実が枯れるまで奴らに邪魔させんな！」

「はい！」と解放戦線員たちが水門がある管理棟へと走り始める。

「近江兄妹、あんたらはここに残り戦況を報告してや」

そう言うと美湖たちを残して桔梗も管理棟へ向かって走り出した。

普段は穏やかな琵琶湖の水面が風に吹かれ波を立てている。その時、ポツリポツリと雨が降り始めてきた。

桔梗たちは琵琶湖の管理棟へとやって来ていた。解放戦線員たちが全ての水門を閉じると、大阪部隊が来るのを防ぐためにバリケードを築き始める。

「急ぐんや！」

桔梗が解放戦線員に檄を飛ばしていると、美湖から電話が入る。

「桔梗様！　大変です！　琵琶湖北部でゲリラ豪雨が！」

桔梗が窓から琵琶湖上空を見上げると、空はすでに大きな雨雲に覆われ雨が降り始めていた。

「このままでは予定より早く滋賀は水没します！」

堰の上に残り戦況を見守っていた美湖が言った。

「……わかった。あんたらはそこを離れ、逃げ遅れている者らを連れ彦根城へと避難するんや」

雨が琵琶湖を激しく打ち付けていた。大量のとび太が流されている。水門を閉じたことに加え、この激しい雨により水位はみるみるうちに上昇していた。

その中、美湖は電話を切ると琵琶湖を流れているとび太を見つめた。

「ありがとう……とび太」

激しい波に揺れながら流れている壊れた大量のとび太。

「みなさん、ここにいては危険です。彦根城へ避難しましょう！」

美湖が解放戦線員たちに声をかけるとその場を避難し始めた。

＊

薄暗い地下施設の牢屋の中から〝パチパチパチ！〟と何かを叩く音が聞こえてくる。

「これでも喰《く》らわんかい！　大阪名物パチパチパンチや！」

そう叫びながら上半身裸でパチパチと平手で胸を叩いているのはあの信男だ。

「信男！　ええ加減やめ！」

与野支部長が信男を必死に止めようとするが信男の手は止まらない。

「信男が……第四形態に入ってもうた……」

おかよが悲しみの表情で口にした。

「もっと怖いもん見したるわ！」

そう言うと、信男がポケットから灰皿を二つ取り出した。

「これ見ぃ！　ポコポコヘッドや！」

信男が勢いよく灰皿で頭をポカポカと叩き始める。

「やめ！　信男！」

浦和支部長が信男に抱きつくようにして止めに入るが、信男は浦和支部長を振り払うと、「ポコポコヘッドや！」と叫びながら頭をひたすらポカポカと叩いている。

「このまま第五形態に入ってもうたら……、いよいよ信男は完全な大阪人に……信男……」

大宮支部長が口にしたその時だった。「離しぃ！　離すんや！」と施設長の声が聞こえてくる。支部長たちが声の方を見ると、施設長の女を抱えた麗がやって来た。施設長の女は「離すんや！」と言いながら足をバタつかせている。

「麗様⁉」

支部長たちが声を揃えて口にした。

「助けに来たぞ」

麗が勇ましい顔で口にした。

「麗様……！」

支部長たちは感極まり今にも泣きそうだった。麗のことを信じていたとはいえ、心のどこかに不安がないわけではなかった。目の前の信男を見ながら近い将来自分たちも大阪人へとなる運命にあることをどこかで受け入れざるを得なかったのが現実だ。

そんな中でも信男は我を失い灰皿でポコポコと頭を打ちつけている。麗はそんな信男の傍《そば》に立つと優しく抱き寄せた。

「信男……。もう大丈夫だ。落ち着け、大丈夫だ」

信男が麗の胸に顔を埋めた。あれほど誰の言うことにも耳を傾けない信男であったが、不思議と麗の言葉は耳に届いたようだ。信男は麗の胸の中で一瞬穏やかな表情を見せた。が、それも束の間、目の前にある麗の胸を見るとチャンスとばかりに人差し指で麗に乳首ドリルをする。

「乳首ドリルするな」

麗が冷静にツッコミを入れた。気を取り直した麗が言う。

「手分けして、ここにいる者を全員解放するんだ!」

支部長たちが「はい!」と返事をすると勢いよく牢屋から出て行く。

＊

嘉祥寺たちが水門の開閉室前に到着していた。吹き荒れる雨風が容赦なく嘉祥寺たちに降りかかっている。嘉祥寺が扉を開けようとするが開かない。

「クソが。突き破ったれ!」と荒げた声で言うと、「おー!」と大阪部隊が扉に突進していった。その時だった。嘉祥寺の元にやって来た永海が報告を入れる。

「府知事! 麻実麗が甲子園に現れたと!」

「何やと⁉」

嘉祥寺が目を見開き口にした。筒井が続けて報告を入れる。

「全員解放したっちゅう報告が……」

それを聞いた嘉祥寺が突然狂ったように笑い出した。そんな嘉祥寺を永海たちが不思議そうに見ている。

「おもろいやんけ。おう、お前らここは任せたで」

そう言うと、嘉祥寺は降りしきる雨の中を立ち去って行った。

琵琶湖の水位はかなり上昇し文字通り氾濫していた。畔にあった公共施設、公園、家屋は琵琶湖の底へと沈んでいる。

美湖たち解放戦線員と滋賀県人たちが彦根城へと避難してきていた。美湖たちはその高台から沈みゆく滋賀県を茫然《ぼうぜん》と見つめている。

「見ろ！　我らが滋賀県が……」

晴樹はそこまで口にすると堪らず涙が溢れてきた。

「なんて悲しき光景だ……。思い出の地が琵琶湖の底へと……」

滋賀解放戦線員の一人が続けて口にした。やはり泣いている。自分たちが生まれ育った故郷が沈む姿をとても見ていられずみな下を向いている。その時だった。

「泣いてはいけません。胸を、張りましょう！」

美湖が決して泣くまいと真っ直ぐ前を見つめ胸を張りながら口にした。

「美湖……」

晴樹が頼もしくなった美湖の横顔を見た。幼き日の美湖はゲジゲジ眉毛とバカにされては毎日泣きながら帰ってきた。それがいつしか両親の後を継ぎ、滋賀解放戦線員として活動するようになり、京都での潜入捜査という重大任務を担うまでになった。辛く苦しい日々を乗り越え、美湖は今立派な解放戦線員として成長した。その妹の姿を見て晴樹は胸が熱くなった。

美湖を見ると解放戦線員たちが全員力強く頷いた。そして、ピシッと胸を張った。すると、美湖が〝琵琶湖周航の歌〟を歌い始める。滋賀解放戦線員たちがそれに続いた。避難している老若男女の滋賀県人たちも歌い始める。

水門の開閉室の中では、桔梗たちが必死に扉を開けさせないように守っていた。外から大阪部隊に押されて扉がガタガタガタガタと揺れている。

「押さえろ！」

桔梗が叫ぶ。解放戦線員たちが必死に扉が開かないよう全体重をかけて扉を守っている。だがその健闘も虚しく、人数で勝る大阪部隊が扉をこじ開けて突入してきた！

「怯むな！　守り切るんや！」

桔梗がそう叫ぶと、とび太を盾に大阪部隊の行く手を阻む。

＊

その頃、大阪甲子園球場の地下施設では、麗たちによって閉じ込められている県人たちが次々に救出されていた。解放された県人たちが自由を求めて警備に当たっていた大阪部隊を倒しながら出口へと走って行く。

＊

美湖たちは涙を堪《こら》えながら琵琶湖周航の歌を歌い続けている。滋賀県を呑み込んでいく琵琶湖の水面には何体ものとび太が浮いている。美湖は歌いながらとび太の姿を見て思っていた。決して悲しくはない。悲しんではいけない。私たちは今胸を張って戦っている。滋賀のために、日本のために。

「とび太……！」

直子が号泣しながら叫んだ。ラジオを聴いている主婦たちも全員泣いていた。

与野の主婦が言う。

「泣かないで下さい。胸を……張って下さい」

完全にラジオで聴いた美湖のパクリのセリフではあったが、どっぷりと物語に入り込んでいる直子にはそれが余計胸に響く。

「そうよ、今なら胸を張って言えるわ。私の両親は滋賀作！　母が歌う子守唄は私もこの歌だった！」

依希はもはや伝説の世界の住人になりきっている直子を見て、呆れ果てていた。

「うるさい！　何なの、もうっ！」

一方、グラウンドでは因縁の対決である大宮と浦和の綱引きが続いていた。一進一退の攻防戦だ。運営席では神に祈りを捧げながら見守っている埼玉県知事の姿がある。

審判を名乗り出た智治は、綱引きの中央で攻防戦を見守りながらも必死の形相で何かをやっているのが見える。

Ⅱ

「滋賀県が琵琶湖に⁉」

そう声を上げたのは、大阪甲子園球場の地下施設にいる川越支部長だ。麗の傍にはまるで飼い犬のように大人しくなっている信男の姿がある。

「ああ……。自らが犠牲となって粉の実を枯らすと」

麗がそう言うと、支部長たちが押し黙った。

「みんなのために……生まれ育った自分の県を差し出すやなんて……」

おかよが泣きながら口にすると、大宮支部長が言う。

「せやけど、妙な話やな。京都と神戸が大阪の悪事に賛同するやなんて、一体何のメリットがあるんや?」

上尾支部長がそれに続く。

「確かに、せやな」

その時、サザエが口を開いた。

「京都人はな、みかどは今でも東京へ行幸中で、ええ加減みかどを帰してほしいて思てんねん」

「みかどを⁉」

麗が聞き返すと、サザエが続けて言う。

「首都を大阪に明け渡しても、ともに東京潰すことで、みかどを取り戻せる。せやさかい協力を。知らんけど」

「ほな神戸は？　なんで協力を？」

与野支部長が聞くと、アワビが答える。

「東京もろとも横浜も潰したいて思てんねん。お洒落な港町は神戸だけで十分やてな。知らんけど」

「何て連中や……。自分らのことばっかやな」

川口支部長が苦々しい顔をしながら言った。

「だが、これで戦いは終わった」

麗がそう口にした時だった。「いえ。まだ終わっていません」と暗がりの中から美しい声が聞こえてきた。麗たちが声の方を見ると、浦和支部長に連れられてやって来たのは、あの和歌山の姫君だった。まだ10代半ばであろうか。長く美しい黒髪で白いベールを被り純白のドレスを着ている。日本人離れしたくっきりとした目鼻立ちであり、小柄でほっそりとした女性だ。

「姫君……！」

麗が驚きの声をあげると、浦和支部長が言う。

「施設内の隠し部屋で幽閉されとったところを発見しました」

「こちらへ来て下さい」

そう言うと和歌山の姫君が歩き出す。訳のわからぬまま麗たちも後に続いた。

和歌山の姫君に連れられて来た場所は地下施設内にある監視室だった。劣悪な牢屋とは打って変わり、近未来のような何台ものモニターが並んでいる。その中にデカデカと貼られている設計図があった。その横には首都圏一帯が描かれた地図も貼られている。

「何だこれは……？」

和歌山の姫君が言う。

「首都圏一帯を一気に大阪の植民地にするつもりなのです……。このミサイルを使って」

「ミサイル⁉」

麗が声を上げた。貼られていたのはミサイルの設計図だったのだ。その時、おかよがハッとして口を開く。

「なんや知らんけど、大量の粉を外に運び出してましたわ！」

おかよはその時のことを思い出していた。作業場で白い粉が入った袋を運んでいる県人たちの姿を……。和歌山の姫君が小さく頷くと言う。

「全ての粉をミサイルに搭載するつもりなのでしょう」

「そんなバカな……。大阪にミサイルの発射台などないはず……。一体どこから発射を……!?」

麗が首を振りながら口にすると、和歌山の姫君が言う。

「ここにいる者たちが解放されたとわかれば、嘉祥寺はすぐにでも打ち上げるでしょう。時間がありません」

*

その頃。白鵬堂学院の生徒会長室では、右足を椅子の上に立て下品な格好でどっしりと座った百美がたこ焼きを食い散らかしていた。

「なんでやねん……。アホちゃうか……」

目は虚ろで宙を見ながらブツブツと一人ツッコミをしては、たこ焼きを食べている。

その時、会長室の電話が鳴った。

「なんでっしゃろ？」

百美が電話に出ると、「百美？　私だ」と麗の声がする。その声に百美がビクッと反応すると、たこ焼きを食べる手が止まった。

「百美!!」と電話口から麗の声が聞こえる。

「この声は……僕の愛する……れい……？」

＊

埼玉解放戦線のアジトで、路線族たちがクタクタになっていた。日夜東京ネズミーランドへの直通列車をどう引くかを話し合っていたのだ。目にクマを作ったJR埼京線代表が言う。

「ここ池袋で合流して……都心の地下から東京ネズミーランドへの直通列車を走らせる。もうこれで行きますよ？　いいですね？　喧嘩《けんか》はもうなしですよ？」

それに頷く路線族たち。もはや誰も反論する力など残っていない。とそこへ、勢いよくドアが開くと百美が入って来た。

「お前ら！　大変や！」

*

嘉祥寺が肩で風を切りながら自宅の地下にある祭壇部屋へとやって来た。そこには無数の粉の民たちが胡座《あぐら》をかいて座っている。

「でっかい花火打ち上げたるわ」

嘉祥寺がそう口にするとニヤリと笑い、祭壇前に置かれている水晶玉を見つめた。

「気をつけて下さい。嘉祥寺が持っている水晶玉には、とてつもない力があります。粉の実を作り出し、人情深い大阪人たちを変え、この私の姿までをも……」

和歌山の姫君がそう口にした。

「何故そんなものが？」

麗が聞くと和歌山の姫君が言う。

「元大阪府知事が水晶玉に怨念を込めたのです。そしてそのまま衰弱死したと……」

嘉祥寺家の祭壇部屋には巨大なモニターが設置されていた。そのモニターに映っているのはミサイル内の様子だ。次々に袋に入った粉が運び込まれているのがリアルタイムに映し出されている。

嘉祥寺はそれを微笑みながら見つめると、そろりと祭壇前へと向かい舞を披露し始める。その舞に合わせて粉の民たちが〝コナコナコナコナコナコナ〟と奇妙な声をあげながら両手を動かし体を揺らし始めた。

大阪甲子園球場を出た麗は、バイクに乗り獣道を走っている。向かうは六麓荘にある嘉祥寺がいる家だ。何としても嘉祥寺の暴挙を止めなければならない。麗はアクセルを全開にして走って行く。

その頃、路線族がいなくなった埼玉解放戦線のアジトでは、百美が朦朧となる意識の中で麗の写真を見ていた。

「頼んだで……麗……」

埼玉県行田市《ぎょうだ》。そこへ走ってやって来たのは路線族たちだ。何かを見上げると、「あったぞ！」と声をあげる。彼らの目の前にあるのは——⁉

桔梗たちは開閉室で必死に水門を守っていた。だが押し寄せる大阪部隊に徐々に押されている。

「クッ……負けるもんか……！　押し戻せ！　滋賀魂を見せるんや！」

嘉祥寺が祭壇中央で舞を披露していると、麗が勢いよく扉を開けて入って来た。

「やはり来たか、麻実麗……。おう」

嘉祥寺がそう声を上げると、粉の民たちが麗を捕まえ嘉祥寺の前へと運んできた。

両端から粉の民たちが麗が動かぬよう拘束する。

「それまでや」

嘉祥寺がそう言うと、杖で麗に乳首ドリルをし始めた。

「麻実麗」

「うっ……」

麗が思わず声を漏らす。

「おどれを甘くみとったことは認めたるわ。せやけどな、もうこれ以上の邪魔は絶対させへん」

嘉祥寺が乳首ドリルすると見せかけてしないという乳首ドリルフェイクを仕掛ける。

「しないのか……」

麗が静かに大阪人ならわかるお決まりのツッコミを入れた。

「大阪が天下とるんは、オカンの長年の悲願やったんや」

そう言った嘉祥寺に麗が言い返す。

「日本全土を大阪の植民地にしたところで何になる?」

「どうあがいても天下を取ることなどできひん、そこら辺の草でも喰っとるダ埼玉県人にはわからんやろな」

嘉祥寺が鼻で笑いながら口にした。

「ああ、わかりたくもない。我々埼玉県人はほどほどの幸せの中で生きている。他県と競うことなく互いを認め合い、決して差別などしない。これが埼玉的な生き方だ」

麗は一切怯まず真っ直ぐと嘉祥寺を見ながら言った。

「何やそれ」

嘉祥寺は相変わらず鼻で笑っている。

「この埼玉的な生き方こそが、多種多様な文化を生み出し、この国を豊かにするのだと信じている」

麗のその言葉に嘉祥寺が突然笑い出した。

「この国?　アホか。わしらが見てんのは世界や。2年後には大阪・関西万博がある。世界中からぎょうさん人が集まってくるんやで。み〜んな粉づけにして、まるごと大阪人にしたるわ。世界大阪植民地化計画や」

それを聞いて麗が驚く。まさか嘉祥寺がそこまで考えていたとは驚きだった。この男は世界中を大阪人にしようとしていたのか……。

嘉祥寺は置かれてあったアタッシュケースを手に取り開いた。入っているのは発射装置のスイッチだ。

「やめろ……！」

麗が叫ぶ。

「まずは首都圏からや。東京さんに首都は荷が重すぎるわ。日本を動かすんは……わしら大阪や！」

そう言うと、嘉祥寺が赤い発射ボタンに手をかけ押した。

聳え立つ通天閣――。とその時！　通天閣がウィーンと音をたて首都圏に向けて傾くと、エンジン音をあげ炎を上げ始めた。通天閣一帯が煙に包まれる。

嘉祥寺家の祭壇に設置されている巨大モニターにミサイルと化した通天閣が映って

いる。

「通天閣が⁉」

麗が声をあげた。まさかあの通天閣がミサイルだったとは……。

「くたばらんかい、東京‼」

嘉祥寺がそう叫ぶと同時に通天閣が爆音と炎を上げて発射した！

嘉祥寺が高らかに笑う。

モニターには東京へ向かって飛んでいる通天閣ミサイルが今どこに位置しているのがわかるよう日本地図上で赤い点滅が少しずつ移動している。とその時だった。通天閣ミサイル目掛けて飛んでくる新たな飛行物体が点滅しながら通天閣ミサイルに近づいていくのが映る。

「ん？　なんやあれ？」

嘉祥寺が怪訝《けげん》な顔をしながら口にした。

「間に合ったか……」

麗が安堵の表情で呟いた。

「どういうこっちゃ……？」

嘉祥寺が狼狽《ろうばい》しながら麗を見つめた。麗は粉の民たちを振り払うと嘉祥寺の前に立つと言う。

「埼玉にいる同志が打ち上げたものだ」

「何やと⁉」

＊

話は今から3時間前に戻る。麗が朦朧としていた百美に電話を入れた時のことであった。

「迎撃⁉」

麗の声を聞いて何とか正気を取り戻した百美がそう口にした。

「ああ。父上から聞いていたことがある。その昔、埼玉解放戦線員たちが有事の際に準備していた、タワー型迎撃ミサイルがあると」

麗は大阪甲子園球場の監視室から電話をかけていた。麗の周りには支部長たちがいて、「そんなアホな……。埼玉にタワーなんてありまへん！」と浦和支部長が声をあげた。それにおかよたちも頷く。

「いや、埼玉にも一つだけタワーがあるんだ。行田に」

麗がそう言うと、電話口で百美が驚きの声をあげた。

「ぎょぎょぎょ、行田……!? あないなど田舎に!?」

麗が続けて言う。

「建前上は田んぼアートを見るために造られた展望タワーだ。埼玉県人にさえ、その存在を知られずひっそりと佇んでいる。だがよく考えてみろ。田んぼアートを見るだけのためにタワーなんて造るバカはいない」

麗の言葉に、百美が納得するように頷いた。

「そらそうや……。さすがの埼玉県人でも、そないアホな真似するわけが……」

麗が言う。

「時間がない。急いで迎撃ミサイルをセットするんだ」

だが、粉漬けされている百美にその力は残されていない。

「ご、ごめん……麗。うちは今そないなことより死ぬほどたこ焼きが食べとうてどうしようもないねん……。体が……いうことを……」

そんな百美に麗が言う。

「だったら、路線族たちがいるだろ。奴らに託すんだ」

百美から託された路線族たちがやって来て見上げていたのは行田タワーだった。

「本当にこんなとこにタワーがあったぞ……」

西武新宿線代表が言う。

「これが迎撃ミサイル⁉」

東武東上線代表が信じられないといった表情で口にした。とそこへ、ＪＲ埼京線代表が走って来て言う。

「おい！　こっちに管理室があったぞ！」

路線族たちが管理室へと入って来た。想像以上に本格的なシステムが導入されているようだが、さすがは路線族。こういった機械操作はお手のものだ。緊急時のマニュアルを見ながら迎撃ボタンを押そうとするがロックがかかっていて作動しない。

「ダメだ……。暗号が必要だ」

西武池袋線代表が焦りながら口にした。

「そんなのどこにも書いてないぞ！」

東武伊勢崎線代表は手が震えている。図らずも自分たちがこんな重責を担うことになるとは……。もし自分たちがこの行田タワーを発射出来なければ、ここも大阪の植民地にされてしまうのだ。

「私に言われたってわかりませんよ！」

西武新宿線代表が逆ギレして言った。ＪＲ京浜東北線代表が言う。

「早くしないと大阪人になってしまうぞ！」

「どこかに暗号が……」

東武東上線代表がそう口にした時だった。ＪＲ埼京線代表がハッとして口を開く。

「田んぼアートだ！」


ＪＲ族たちが展望台へと駆け上がって来ると、田んぼアートを見下ろした。確かに田んぼアートがよく見える。稲の品種ごとに異なる緑色のグラデーションを利用して見事に描かれているのは歌舞伎役者の絵だ。

「ん？　暗号なんてどこにもないぞ⁉」

ＪＲ埼京線代表が言ったと同時に、ＪＲ京浜東北線代表が何かに気がつく。描かれた歌舞伎役者の着物に、埼玉県人にゆかりのある文字があしらわれていたのだ。

「いや、待て。〝刺身最高……〟？　あれだ！」

ＪＲ京浜東北線代表が、展望台から地上で待機している東武族たちに向かって〝刺身最高〟と声をあげるが、その声は届かない。焦るＪＲ族。

「ダメだ。ここからじゃ声が届かない。どうすれば……」

ＪＲ京浜東北線代表が頭を抱えると、ハッと何かを閃き展望台のさらに上、屋上へと駆け上がって行く。

展望台の屋上へとやって来たＪＲ京浜東北線代表が、地上で待機している東武族たちに手旗信号を送る。

東武族たちが屋上を見上げた。

「手旗信号だ……」

東武東上線代表がＪＲ京浜東北線代表の動きを見ながら口にする。

「3・4・3……3・1・5・0。刺身最高だ！」

すると、今度は管理室にいる西武族たちに向かって手旗信号を送る。

管理室で待機している西武族。そこに東武族から送られる手旗信号を見て。

「刺身最高……！　了解！」

そう言うと、西部族が急いで暗号を打ち迎撃ボタンを押した！　とその時、轟音《ごうおん》とともに行田タワーから煙が出てくる。慌ててその場を離れる路線族たち。そして、爆音と炎をあげて行田タワーが空へと飛び立っていった。

＊

嘉祥寺が信じられないと言った顔で麗の話を聞いていた。そして、ハッとモニターを見ると、通天閣ミサイルにグングン近づいて来る行田タワーの点滅が見える。

「あれが、埼玉が誇る唯一のタワー。〝行田タワー〟だ」

麗が高らかにそう言った。

ミサイルが大気圏を抜けて宇宙空間へと突入した時だった。そこへ、行田タワーが近づいて来ると、通天閣ミサイルを撃ち落とした！　炎と共に大量の粉が宇宙空間を舞う。首都圏全土が大阪化することはこうして防がれた。

「くっ。んなアホな……。麻実、おどれ……‼」

嘉祥寺が麗に摑みかかるが、麗はそれを軽くあしらうと言う。

「勘違いするな。お前が負けたのは私ではない。お前がバカにしていた〝底辺の県人たちに〟だ」

そこへ、信男たちと支部長たちがやって来ると嘉祥寺を捕まえた。嘉祥寺がまるで子供のように必死の抵抗を見せる。

「嫌や！　オカン……！　オカン……！」

嘉祥寺はそう叫びながら信男たちに連れて行かれた。

その背中を麗はジッと見つめていた。


「倒した、倒したわ……！」

直子が喜びの声を上げると、熊谷あおぞら競技場のテントの内は大きな拍手に包まれた。与野の主婦が言う。

「行田にタワーがあったなんて……」

それは同じ埼玉県人でも知らない情報だった。それもまた横の繋がりがないからなのかもしれない。

「田んぼアートを見るためだけじゃなかったのよ！」

直子はまるで自分だけは知っていたかのようにドヤ顔で口にした。

「いや、だから都市伝説だって。行田の人に怒られるよ」

依希がこれまた的確なツッコミを入れると、グラウンドに目をやった。

グラウンドでは、大宮と浦和の白熱した綱引きが続いている。お互いのプライドを賭けた世紀の一戦。一進一退の攻防が続いている中、実況の男が興奮気味に叫ぶ。

「大宮と浦和、互いに一歩も譲りません！　おっと、ここで浦和が一歩リード‼」

誰もが大宮と浦和の戦いに目を奪われている。その隙をついて、綱の中央に立っている智治がペットボトルを手に何やらやっているのが見えた。

「ん？　パパ……何かやってない？」

依希が智治を見ながらそう呟いた。そんなことは露知らず、運営席では埼玉県知事がブツブツと口を開いている。

「私はもう終わりだ……。さいたま市を分裂させた不名誉な知事として歴史に名を……」

綱を引っ張り合う大宮勢と浦和勢。浦和勢が徐々に大宮勢を引っ張り自陣に取り込もうとしていた。とその時！　一番前方で綱を引っ張っていた浦和の男が足を滑らせて転んでしまった。

「おっと、倒れたぞ！　ここから一気に、大宮が巻き返します！」

実況の男が叫んだ。ズズズっと大宮勢が浦和勢を自陣へと引き寄せる。形勢逆転となり浦和勢は絶対絶命のピンチへと陥った。そしてそれは、大宮と浦和の長きに亘《わた》る戦いに一つの結果を残すことになり、それが火種となって〝さいたま市〟が分裂する危機でもあった。

「あああ！！！」

埼玉県知事が言葉にならない声をあげた。すると、大宮と浦和のちょうど間、綱の真ん中を示す、黒いマジックで印をつけられた箇所から、小さな煙が上がり始めた。

ずっと険しかった智治の顔がパッと笑顔に変わった。大宮がグングンと自陣へと浦和勢を引っ張っている。

「やめろ……！　やめてくれ……！」

埼玉県知事が悲痛な叫び声を上げたその時、綱がブチッと切れると大宮勢と浦和勢が両者とも勢い余って派手に背中から倒れた。そこへ、智治がすぐさま割って入ると両者を切り裂くように叫ぶ。

「ドロー！　ドローです！」

実況の男が言う。

「何と、綱が切れました！　これはすごい戦いだ！」

倒れながらも悔しがる大宮勢と浦和勢。大宮の主将が立ち上がると言う。

「ふざけるな！　もう一回やらせろ！」

だが、智治は毅然《きぜん》とした態度で言い返す。

「出来ません！　綱はこの一本のみ！　本日は終了です！」

そこへ、満面の笑みで埼玉県知事が近づいて来た。

「奇跡だ……奇跡が起きたぞ！」

「いいえ、奇跡ではありませんよ」

智治がそう言うとペットボトルを見せた。

「まさか、それで綱を？」

埼玉県知事が驚きの顔で智治を見た。智治がニヤリとしながら太陽を見上げて言う。

「ええ、収れん火災を利用させて頂きました。開催地が熊谷で本当に良かったです。グッジョブ」

智治は置かれていたペットボトルを見て、ここに来る前にあのカーラジオから流れていた〝収れん火災に注意警報〟を思い出したのだ。太陽光がレンズや鏡に反射して一点に集まり、その先が燃えてしまう現象だ。水の入ったペットボトルを利用して、綱の黒い部分に光を集め燃やしたのだ。灼熱の太陽が降り注ぐ熊谷でなければなし得なかった荒技だ。

「よくやった、よくやったぞ！」

埼玉県知事が智治とガッチリと握手をした。

「知事。大宮と浦和の争いを鎮めるためにも、いずれ県庁は私ども中央区与野に。そして！　この私をどうか課長に……」

智治はここぞとばかりに自分をアピールする。常に大宮と浦和の顔色を窺っている与野ではあるが、その裏にはこうした強《したた》かさがあるのだ。

「検討しよう」

埼玉県知事がそう言うと、智治は爽やかな笑顔を見せた。そして、埼玉県知事は大宮勢と浦和勢を見ると言う。

「君たち！　試合はやらせたんだ。選挙には絶対に行ってくれよ。頼んだぞ」

渋々頷く大宮勢と浦和勢。

一方、そんな戦いとは無縁である依希がスマホでＬＩＮＥメッセージを打っていた。

〝健ちゃんまだ？　こっちもう終わったんだけど？〟。

「遅すぎ。何してんの」

Ⅲ

麗たちは嘉祥寺家の地下にある祭壇にいた。

「大丈夫だ。迎撃は無事成功した」

麗が信男たちに告げると、信男たちはホッと胸をなでおろした。

「良かった……」

おかよの目からは涙が溢れている。埼玉で待たせている子供のことに思いを馳せていたのだ。自分だけでなく息子までも大阪人になってしまったら……。そう思うと、おかよは今までろくに夜も寝られずにいたのだ。

「これで関西にも平和が訪れるで」

与野支部長が言うと麗が口を開く。

「いや、これがある限りは関西に平和は訪れない」

そう言うと、麗が祭壇前に置かれている水晶玉を手に取った。

「なんやねん、それ……?」

そこへ、和歌山の姫君がやって来ると言う。

「大阪人の心と、私の姿までをも変えた水晶玉です」

支部長たちが驚きの表情を見せた。この水晶玉にはそんな魔力が秘められていたのかと。

「さあ、その手で全て元に戻すがいい」

麗が和歌山の姫君に水晶玉を手渡すと、和歌山の姫君がそれを手に取った。

「はい……。やっと元の姿に戻れます」

和歌山の姫君は水晶玉を見つめると腕を大きく振り上げて地面へと力一杯投げつけた。水晶玉がパリン！　と割れると、ボン！　と煙が立ち和歌山の姫君の姿を包み込む。煙がはけ姫君の姿が現れると、それはまるで別人の姿だった。華奢であり異国情緒たっぷりの神秘的な和歌山の姫君の姿から、純和風の年配女性の姿になったのだ。

「ひ……姫君……？」

サザエが上擦った声を上げた。

「はい。やっと元の姿に戻れましたわ」

和歌山の姫君は嬉しそうに笑った。信男たちが盛大にズッコける。

「どうした？」

麗が聞くと信男が答える。

「すみません。第三形態のズッコケ癖が抜けきれず……」

「信男……？　信男が元に戻ったわ！」

うめが笑顔で口にすると、続けて浦和支部長が言う。

「おい、待て。俺たちの言語機能も治ってるぞ！」

信男たちが喜び合う。粉の力を発揮できたのはこの水晶玉があったからこそだったのだ。あれだけ野蛮だった大阪人たちでさえも、この怨念の籠もった水晶玉に操られていたのだ。和歌山の姫君は麗を見ると改めて口にする。

「あなたのおかげです。ありがとうございます、麗様」

「いや、これはみんなで勝ち取った勝利だ」

＊

開閉室では大阪部隊に押し込まれ倒れていた桔梗ら、解放戦線員たちがいた。

「死んでも通さへん……！」

桔梗が必死の形相で立ち塞がっている。

「構わん！　行くで！」

永海が強引に突破しようとしたその時だった。大阪人の体内から阪が放出されていくと、ハッと我に返ったような顔を見せた。

「ん？　何や？　こないなとこで何してんねん、わしら」

大阪部隊の面々が一様に顔を見合わせている。

「何があったんや？」

桔梗が不思議そうにそう口にした。

＊

嘉祥寺家の前にはパトカーが停まっていた。嘉祥寺が警察官に連行されて行く中に、神戸市長と京都市長の姿もあった。嘉祥寺が警官に言う。

「私はなんて酷いことを……。私らはともかく、他の連中は堪忍したってや。大阪人はほんま面白うて、人情深いんや」

すると、神戸市長が嘉祥寺を押しのけて口を開く。

「そない言うたら、神戸人はオシャレもお茶目もてんこ盛りで、異文化をいち早く採り入れる柔軟性もあるんやで」

今度は京都市長が神戸市長を押しのけて口を開く。

「京都かて、気遣い上手うて、頼り甲斐《がい》もあるんやで。あんたも気つこうて、わしが入る牢獄は洛中で頼んだで」

嘉祥寺はパトカーに乗り込む直前で警察官にすがるように言う。

「なぁ、君。麻実麗にくれぐれも言うたってくれ。〝全うな形でええから、大阪・関西万博を無事に開催させてほしい。間違っても埼玉万博にはせんでほしい〟と……。万博泥棒は堪忍やで！」

＊

行田タワーがあった場所には、重大な任務を終えて力果て座っている路線族たちがいた。みんなで消えた行田タワーを見つめている。その中、最初に口を開いたのはJR埼京線代表だった。

「埼玉にタワーがあったなんて、知らなかった……」

東武伊勢崎線代表は頷くと言う。

「ああ。前しか向いていなかったからな……」

西武新宿線代表も頷くと言う。

「横のことなど目に留めていなかった……」

「……作るか。武蔵野線」

JR京浜東北線代表がそう言うと両手を広げて後ろに倒れた。

「うちを繋げてくれ」

西武池袋線代表もそう言うと両手を広げて後ろに倒れた。

「うちもだ」

東武東上線代表も両手を広げて後ろに倒れた。

全員が寝転びながら手と手を繋ぎ合わせる格好となる。それはまるで武蔵野線の路線図のようだった。

＊

麗と桔梗は琵琶湖が見渡せる高台で水没した滋賀県を見ていた。

「兄上、ありがとうございました……」

桔梗が言った。麗は水没した滋賀県を見つめたまま口を開く。

「礼を言うならこっちだ。滋賀の犠牲がなければ、今頃どうなっていたか」

「我々は大丈夫です。近江米や近江牛、滋賀の農産物の種は、〝うみのこ〟に積んでます。必ずまた元の滋賀県に戻ります」

桔梗はそう信じていた。滋賀県人は忍耐強く努力家なのだ。昔からどんな苦境も乗り越えてきた。それは何度も琵琶湖の氾濫に見舞われながらも力強く復興を成し遂げてきた先人たちが証明している。

水面を浮遊している何体ものとび太が見える。

「とび太……」

桔梗が呟いた。麗も共に戦ったとび太を見つめる。

「我々が勝てたのはとび太の活躍あってこそだった……」

桔梗が言うと、麗がそれに続く。

「命を救うのがとび太の役目なんだろ。大役を果たし、さぞ本望だろう」

流れている何体ものとび太がどこか誇らしげにも見える。

「兄上……」

桔梗が麗を見つめた。

「もし良かったら、このまま滋賀に残り一緒に――」

桔梗がそう言いかけたとき、麗が首を横に振った。

「悪いな。大切な人が埼玉で待っている。……またここで別れよう。あの頃のように」

その昔、父上は東国の平和を、母上は滋賀の平和を願い別れた。今はその意志を引き継ぎ、自分たちが別れる番だ。

「兄上……」

「桔梗……」

麗と桔梗は手を取り合うと抱きしめあった。

「俺は埼玉の平和を……」

麗が埼玉ポーズを決める。桔梗もそれに呼応する。

「私は滋賀の平和を……」

埼玉ポーズが滋賀ポーズに変わる。埼玉と滋賀の熱い友好関係を示すかのようであった。

熊谷あおぞら競技場の駐車場に一台の車が停まっていた。カーラジオの中からＤＪの声が聞こえている。〝こうして、嘉祥寺たちの悪事は公のものとなり、通行手形は撤廃され、関西は平穏な日常を取り戻すことができたのです〟。

車の中でそれを聴いていたのは依希の夫である若月健太《けんた》だ。キリッとした眉毛と大きな瞳。典型的な好青年に見える。目を真っ赤にして肩を震わせている。すると、何やら決意の表情で車を飛び出して行った。

「もう終わったんだから。帰ろうよ。ねぇって！」

依希が直子に話しかけていると、健太が駆けて来た。

「依希……！」

健太が叫ぶ。

「あ、健ちゃん。遅いよ。ねぇ、聞いて。ほんと酷かったんだから」

依希が愚痴を聞いてもらおうと話し出したが健太がそれを遮った。

「子供の名前を決めたぞ！」

健太が依希の肩を摑みながら口にする。

「うん、琉空くんがいいんでしょ」

依希が当たり前のように口にすると、健太が力強く首を振った。

「違う。とび太だよ、とび太‼」

「と、ととと……」

依希が思わぬ言葉に激しく動揺した。すかさず直子が割って入ってくる。

「とび太！　それいいじゃない！」

ラジオを聴いていた主婦たちも「いいわね！　とび太！」と一斉に盛り上がる。

「ちょ、え？　嘘でしょ⁉　あっ、お腹が……」

依希がお腹に違和感を覚えて両手で押さえた。

「破水よ！　とび太が生まれるわ！」

異変に気づいた直子が言う。

「とび太が……!?」

健太の中では今やすっかり子供の名前はとび太になっている。そこへ、テントからつまみ出された大阪弁の主婦が駆けて来ると埼玉の主婦たちに指示を飛ばす。

「タオルとお湯、持ってきて！」

「あなた……？」

直子が大阪弁の主婦を見ながら口にした。

「安心しい。うちは助産師や。うちが取り上げたるわ」

大阪弁の主婦が頼もしい表情でそう口にした。

「あんなに失礼なことしたのに……」

直子が申し訳なさそうに口にすると、大阪弁の主婦はそれを「かまへん、かまへん」と笑い飛ばした。

「手伝ってくれるのね……。これぞ大阪人！　人情があるわ」

直子が心底感動しながら口にした。

「私はタオルとお湯を！」

与野の主婦がそう言うと走り出した。

「え？　ここで産むの……⁉　うっ」

依希は主婦たちに横にさせられながら困惑の顔で口にした。

「依希⁉　大丈夫か？」

そこへ、騒ぎを聞きつけた智治も駆けてくる。

「がんばれ、とび太！　パパがついてるぞ！　とび太！」

健太が興奮気味に声をかける。

「ち、違う……！　とび太じゃないから‼」

「はい、とび太いくよ」

大阪弁の主婦がとび太が産まれ出て来るのを待ち構えながら言った。

依希が発狂する声がグラウンド中に響き渡る中、テントに残されているラジオから

DJの声が聞こえてくる。〝そして、麗たちは念願だった白浜の砂を持ち帰ることができたのです〟。

✧

海岸沿いにはあたり一面に輝く白い砂がある。ここは大阪人たちによって占拠されていたあの和歌山県の白浜だ。信男たちが海沿いで無邪気にはしゃいでいる。その一角ではコブシを利かせ歓喜の歌を歌っている和歌山の姫君の姿も……。

麗はそれを微笑みながら見ていた。

琵琶湖はすっかり水が引き美しい元の状態に戻っている。町は水浸しではあるが、下を向くことなく笑顔で協力しながら綺麗に掃除している滋賀県人たちがいた。そこへ、DJの声が聞こえてくる。〝その後、犠牲となった滋賀は持ち前の団結力を発揮し、驚くほどの速さで復興を成し遂げたのです〟。

至る所に再設置されたとび太の姿もある。続くDJの声〝そして、滋賀と共に関西を救った埼玉は、着実にその勢力を伸ばし、日本を埼玉化していくことになるのです〟。

＊

真っ白なビーチの一角にNACK5のサテライトが設置されていた。ここは埼玉、無事越谷に白浜が誕生したのだ。名付けて「しらこばと水上公園」。そこにDJとして話していた百美がいる。

「こうして、日本埼玉化計画は着々と進んでいく。最新の都道府県魅力度ランキングでは、安定の最下位争いに位置することで他県を油断させている隙に全国バストランキングで一県だけがAカップであった埼玉は、Dカップへと成長を遂げている。そして何と驚くべきことに、全国での手取り収入の多さはあの大都市・東京に次ぐ第二位を獲得しているのだ。さらに、新たな1万円札の顔に、埼玉県深谷市が生んだ実業家である〝渋沢栄一《しぶさわえいいち》〟が採用されたことを皮切りに、歴史が薄く特段取り上げるべき人物がいなかった埼玉が、ついに、大河ドラマでもフィーチャーされる快挙を成し遂げ、埼玉の勢いはとどまることを知らない。そして、あの埼玉を繋げるべく作られた武蔵野線は、ちゃっかりと〝東京ネズミーランド〟へも繋げていたのだ。しかし、これが埼玉解放戦線の活動によるものだということは誰も知りはしない。この話の続きは、また次の機会で……」

そこまで話すと、番組のエンディング曲が流れ始める。百美がヘッドフォンを取るとニコッと振り返り、パラソルの下でジュースを飲んでいる麗を見た。

「麗」

百美が呼びかけると、麗がウインクをした。百美が麗の前へとやって来ると言う。

「麗、ずっとしゃべりすぎて疲れちゃったよ」

そう言うと、麗にべったりくっつく。麗は百美を抱き寄せると「お疲れ様」と優しく声をかけた。

「ん?」

百美が鼻を触りながら口にした。

「どうした？」

麗が怪訝そうな顔をしている百美に聞いた。

「いや、何か他の男の匂いがした気がして……」

麗は動揺する素振りを一切見せずに「気のせいだろ」と話を終わらせた。

「そうだよな、僕の愛する麗が浮気なんて」

百美はそう言うと安心したのか再び麗にもたれかかった。

「ところで麗、まさか……ビーチはこれで完成ってことはないよね？」

確かにここはビーチというよりただ公園に砂を撒《ま》いただけだ。これではとてもビーチとは呼べない。海を持つ他県からするとただの砂場だと勘違いされてもおかしくはないほどだ。

「そんなわけないだろ。向こうには、サンタモニカビーチのように、さざなみが立つ人工の海を造る」

麗が夢を見る少年のような瞳でそう口にすると、百美が眉を顰《ひそ》めた。

「それって……よくある波が出るプールのことじゃ……？」

せっかくいい気分で口にしていた麗であったが、水をさされてそれ以上口を開くのをやめた。慌てて百美がフォローをする。

「あ、いや、何でもないよ……。ラジオも終わったことだし、白浜の砂も敷きつめたし、早く僕らも行こうよ。今日は埼玉県人にとって特別な日だろ」

百美がそう言うと、麗が聞く。

「どこに行くんだ？」

「決まってるだろ。武蔵野線のおかげで埼玉から一本で行けるようになったあの夢の国さ」

百美がにっこりと微笑んだ。

「ああ、あの場所か」

その百美の態度で麗もどこに行くのかを察した。

「行こう、麗」

百美が言うと麗の手を取った。

「ちゃっかり繋げていたとはな」

麗が百美の手をしっかりと握り返した。麗と百美が踊りながら歩き始める。向かう先に見えるのは開通したばかりの『武蔵野線』の乗り場だった。二人は踊りながら列車の中へと入っていく。

走る武蔵野線の向こうには東京ネズミーランドに聳え立つ城が見えてくる。打ち上がる何発もの花火。その中、お城に向かって武蔵野線が走って行く。それはまるでどこかで目にしたことのある映画のオープニング映像のようだ。
今日は11月14日。埼玉県民の日。この日は全埼玉県人がこの場所に行くと言われている。そう、夢の国・東京ネズミーランドへ。

（終）

この物語はフィクションです。作中に同一の名称があった場合でも、
実在する人物、団体名とは一切関係ありません。

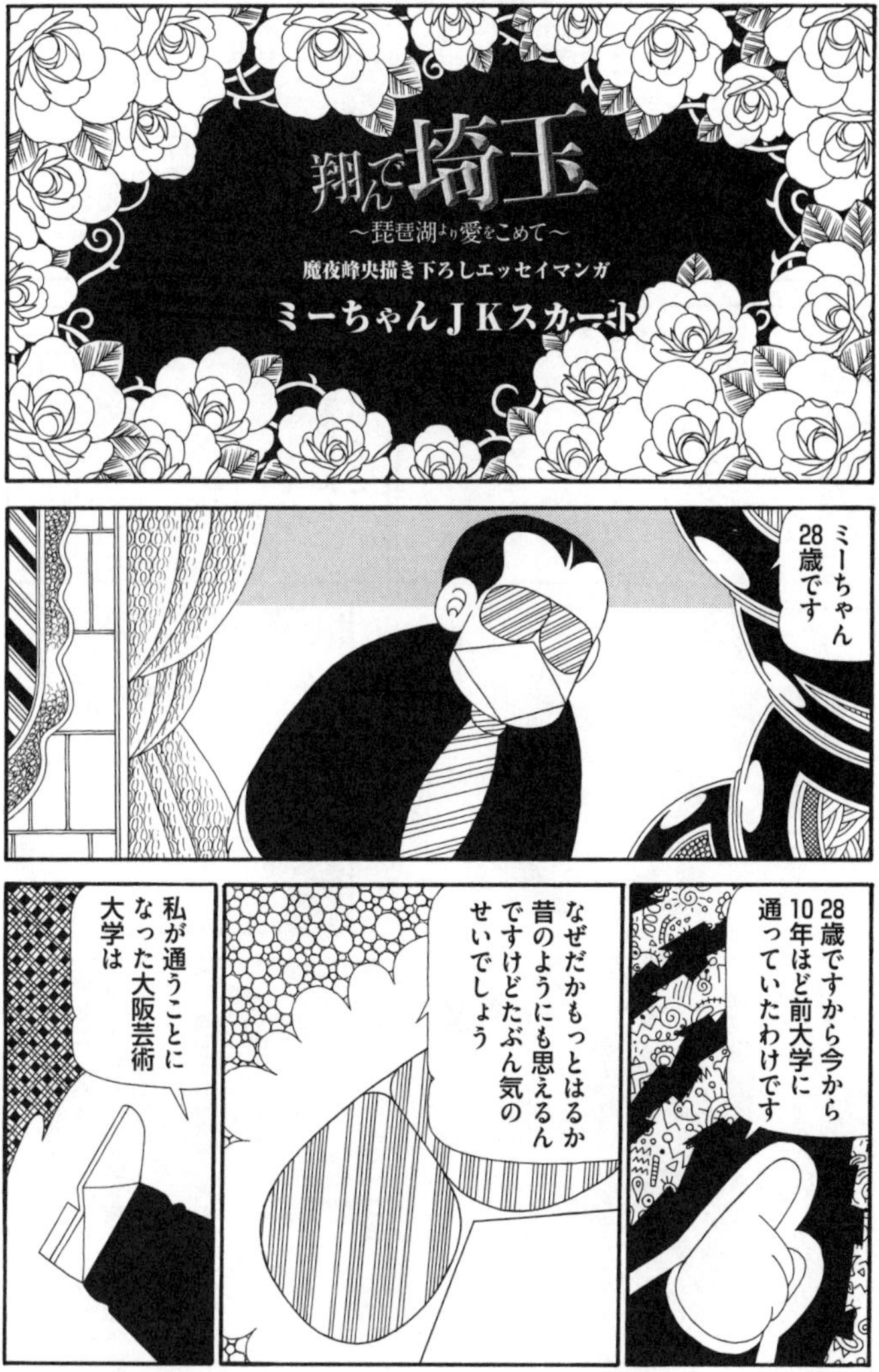

翔んで埼玉
～琵琶湖より愛をこめて～
魔夜峰央描き下ろしエッセイマンガ
ミーちゃんＪＫスカート
ミーちゃん28歳です
28歳ですから今から10年ほど前大学に通っていたわけです
なぜだかもっとはるか昔のようにも思えるんですけどたぶん気のせいでしょう
私が通うことになった大阪芸術大学は

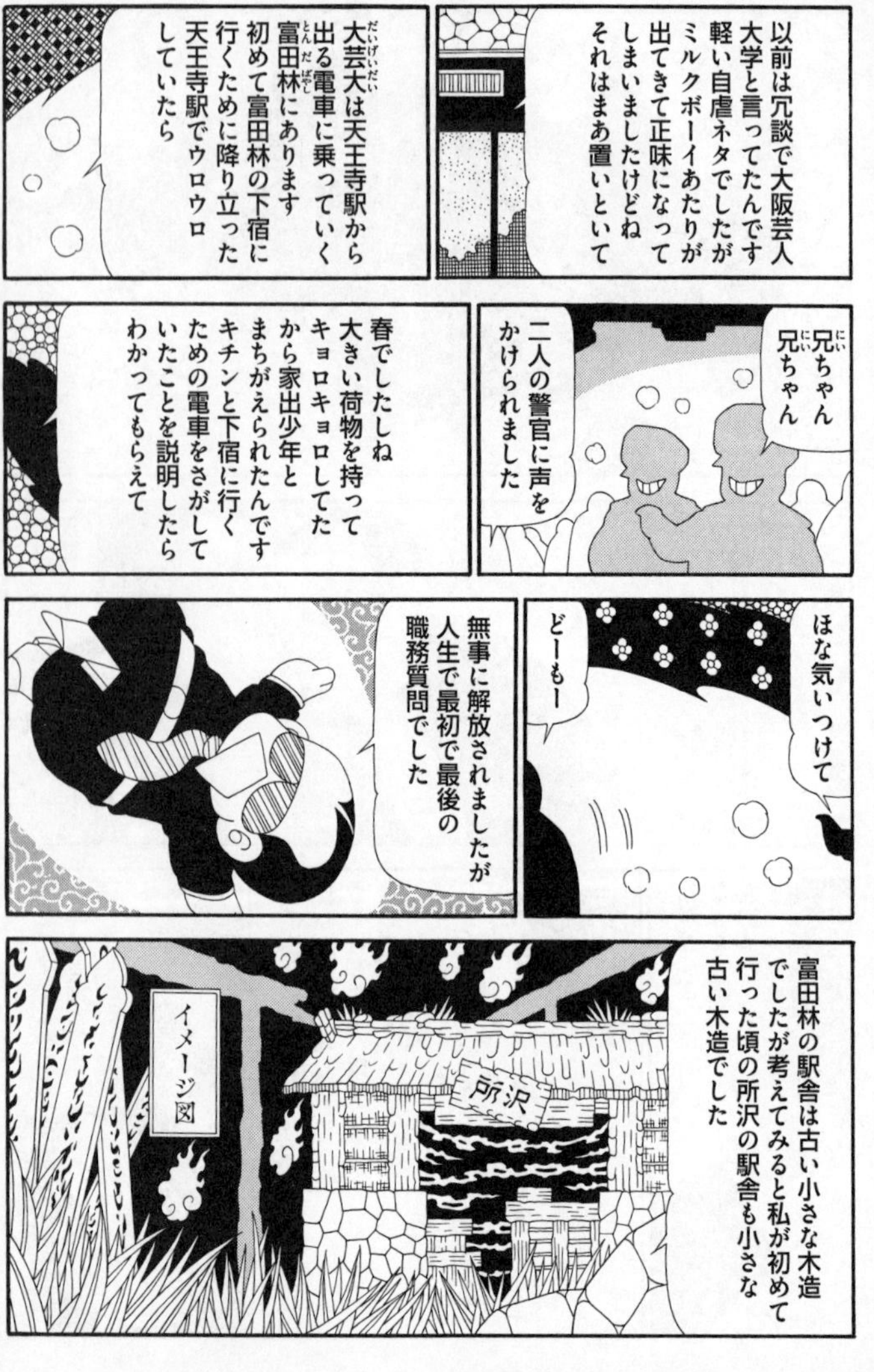

以前は冗談で大阪芸人
大学と言ってたんです
軽い自虐ネタでしたが
ミルクボーイあたりが
出てきて正味になって
しまいましたけどね
それはまあ置いといて
大芸大《だいげいだい》は天王寺駅から
出る電車に乗っていく
富田林《とんだばやし》にあります
初めて富田林の下宿に
行くために降り立った
天王寺駅でウロウロ
していたら
兄《にい》ちゃん
兄《にい》ちゃん
二人の警官に声を
かけられました
春でしたしね
大きい荷物を持って
キョロキョロしてた
から家出少年と
まちがえられたんです
キチンと下宿に行く
ための電車をさがして
いたことを説明したら
わかってもらえて
ほな気いつけて
どーもー
無事に解放されましたが
人生で最初で最後の
職務質問でした
富田林の駅舎は古い小さな木造
でしたが考えてみると私が初めて
行った頃の所沢の駅舎も小さな
古い木造でした
イメージ図
所沢

当時西武球場はまだドーム
ではなく 雨で試合が中止に
なると古い木造の駅舎の前に
球場で売るはずだった大量の
お弁当が並べられていて
べんとお
所沢は
どうでもいい
富田林の駅で降りた私は
ガクゼンとしました
あんぐり
スケ番だらけ
だったんです
私が中学生の時ミニスカートが
流行《はや》りました それまでは
ココ=シャネル女史の 女性の
ヒザ小僧など美しい物ではない
から隠すべきだとゆー意見が
大勢を占めていてヒザ下の丈が
主流だったところにツイッギー
とゆーモデルさんが今で言う
マイクロミニをはいて日本に
上陸して話題になったわけで
郷里の新潟の女子高生も
たぶんヒザ上くらいの
スカートだったと
思うんですが

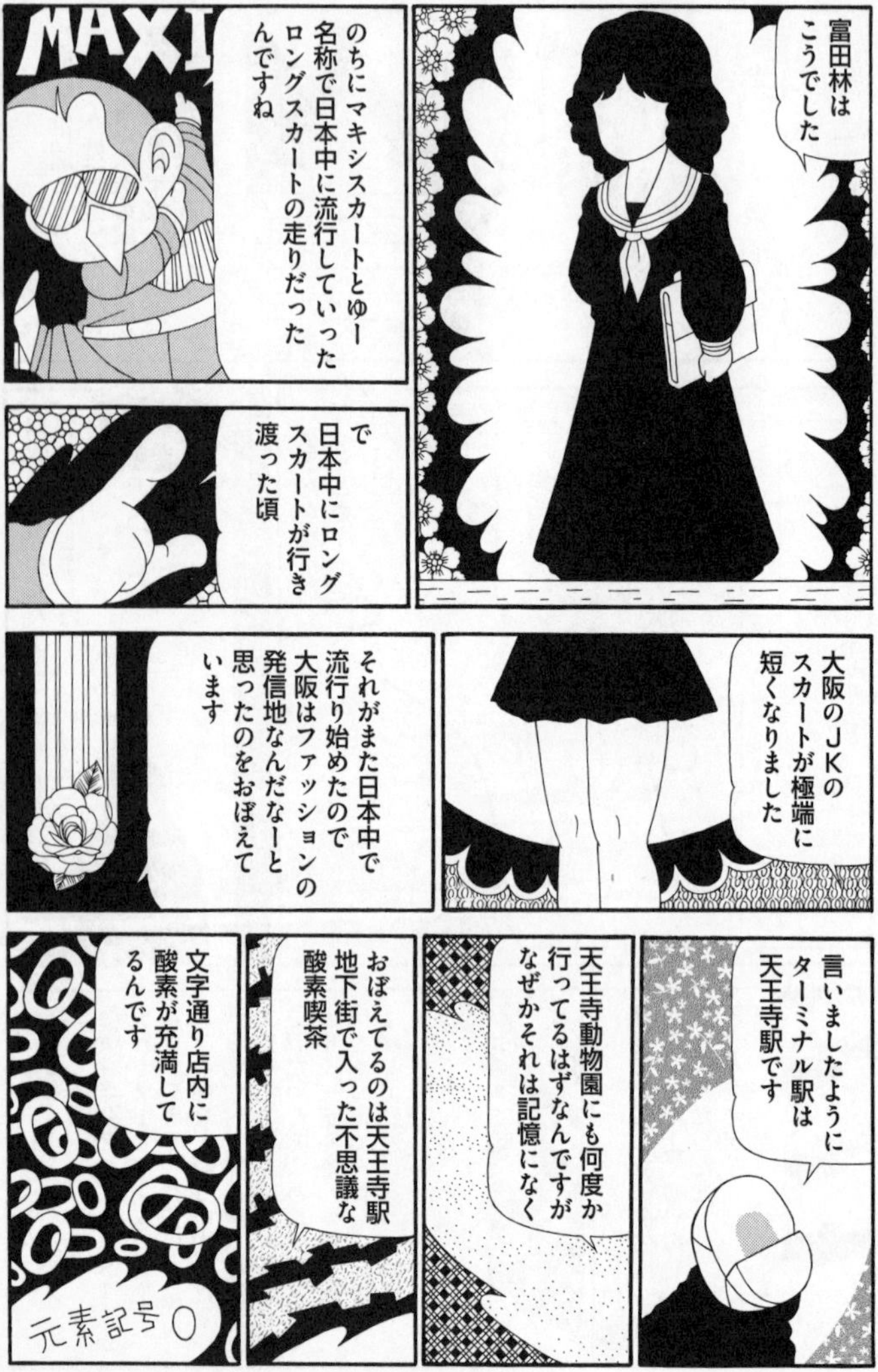

富田林はこうでした
MAXI
のちにマキシスカートとゆー名称で日本中に流行していったロングスカートの走りだったんですね
で日本中にロングスカートが行き渡った頃
大阪のJKのスカートが極端に短くなりました
それがまた日本中で流行り始めたので大阪はファッションの発信地なんだなーと思ったのをおぼえています
言いましたようにターミナル駅は天王寺駅です
天王寺動物園にも何度か行ってるはずなんですがなぜかそれは記憶になく
おぼえてるのは天王寺駅地下街で入った不思議な酸素喫茶
文字通り店内に酸素が充満してるんです
元素記号O

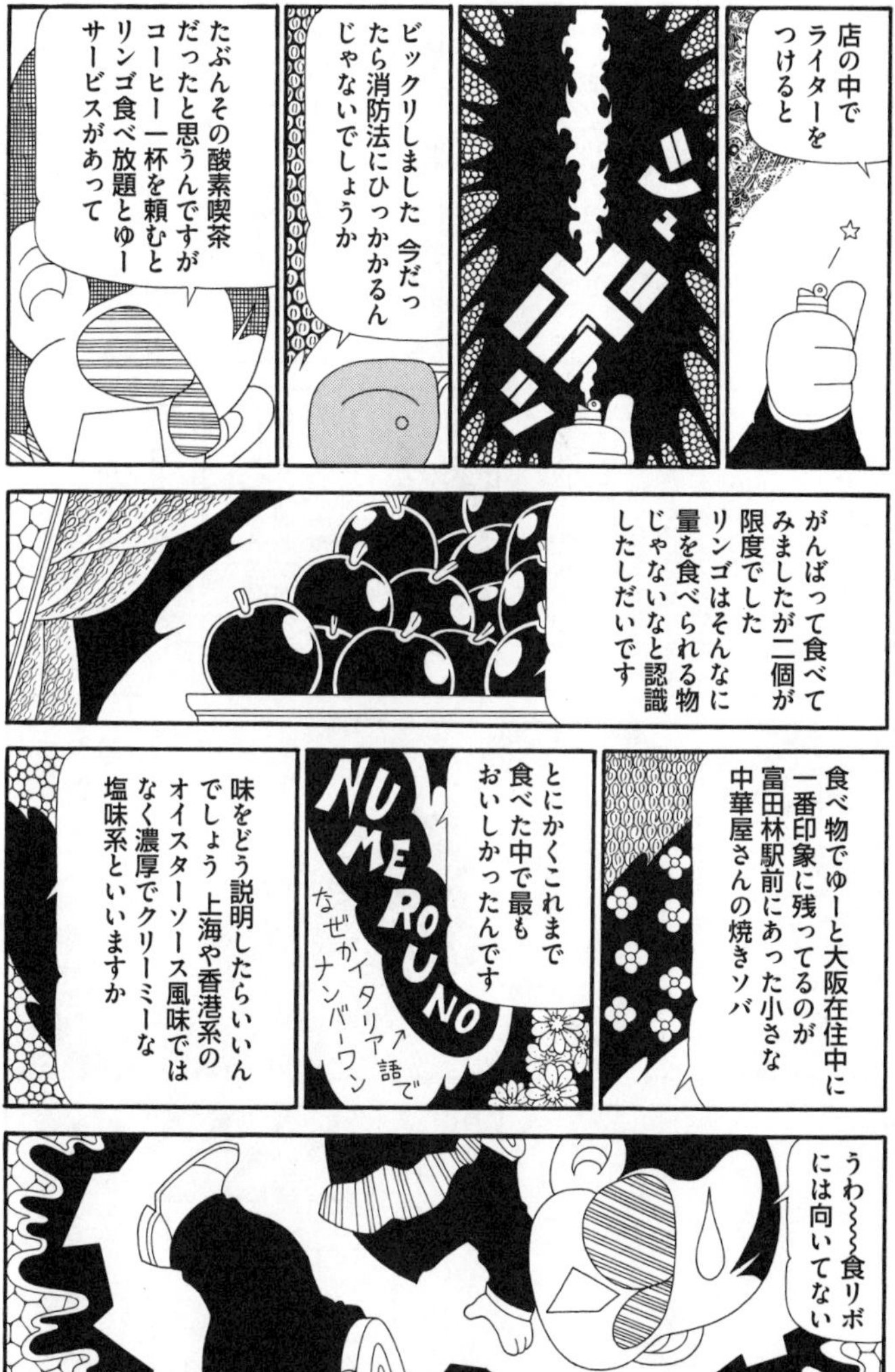
店の中で
ライターを
つけると
ビックリしました 今だったら消防法にひっかかるんじゃないでしょうか
たぶんその酸素喫茶だったと思うんですがコーヒー一杯を頼むとリンゴ食べ放題とゆーサービスがあって
がんばって食べてみましたが二個が限度でした
リンゴはそんなに量を食べられる物じゃないなと認識したしだいです
食べ物でゆーと大阪在住中に一番印象に残ってるのが富田林駅前にあった小さな中華屋さんの焼きソバ
とにかくこれまで食べた中で最もおいしかったんです
NUMERO UNO
なぜかイタリア語でナンバーワン
味をどう説明したらいいんでしょう 上海や香港系のオイスターソース風味ではなく濃厚でクリーミーな塩味系といいますか
うわ〜〜〜食リポには向いてない

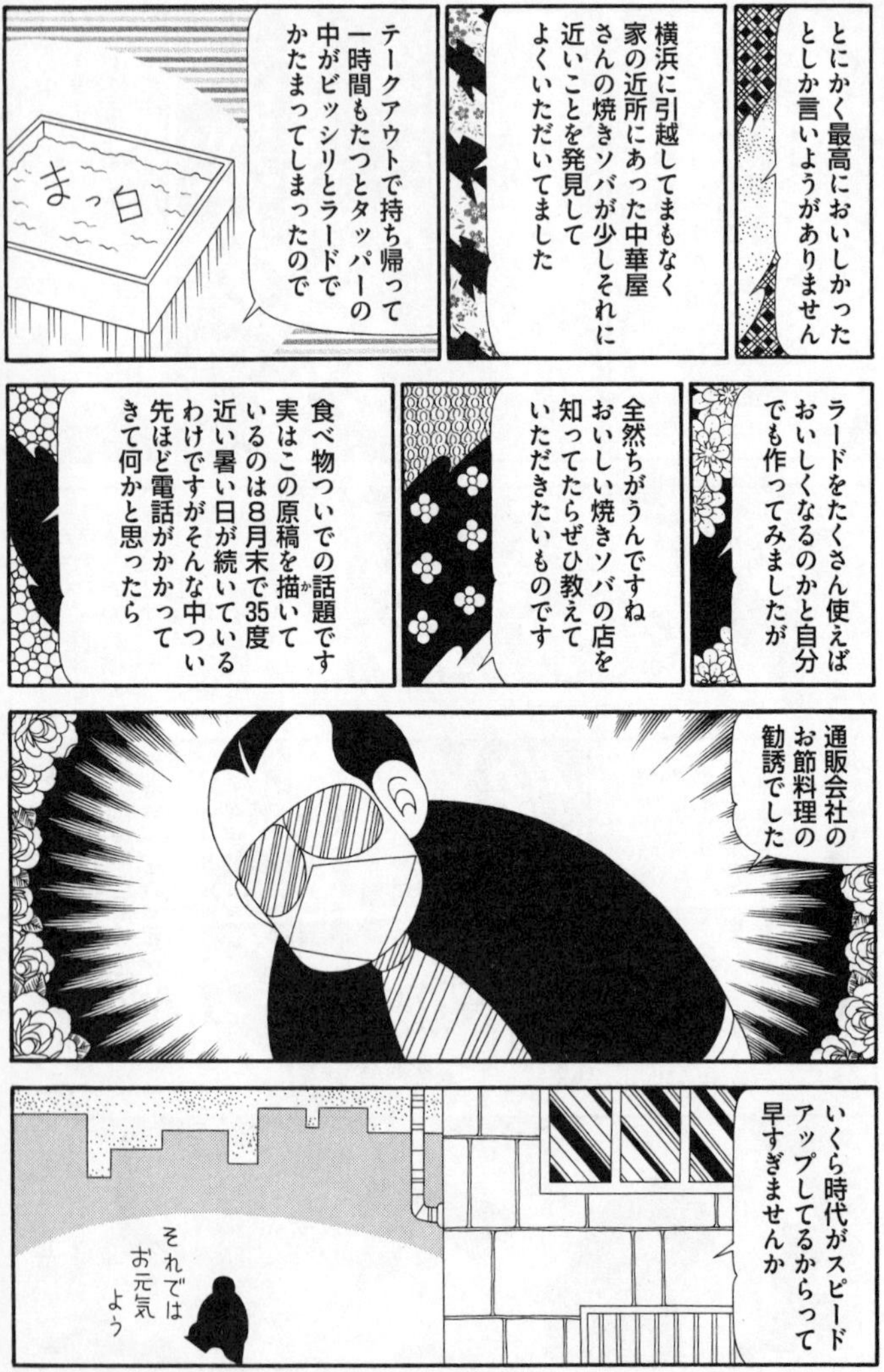
とにかく最高においしかった
としか言いようがありません
横浜に引越してまもなく
家の近所にあった中華屋
さんの焼きソバが少しそれに
近いことを発見して
よくいただいてました
テークアウトで持ち帰って
一時間もたつとタッパーの
中がビッシリとラードで
かたまってしまったので
まっ白
ラードをたくさん使えば
おいしくなるのかと自分
でも作ってみましたが
全然ちがうんですね
おいしい焼きソバの店を
知ってたらぜひ教えて
いただきたいものです
食べ物ついでの話題です
実はこの原稿を描《か》いて
いるのは8月末で35度
近い暑い日が続いている
わけですがそんな中つい
先ほど電話がかかって
きて何かと思ったら
通販会社の
お節料理の
勧誘でした
いくら時代がスピード
アップしてるからって
早すぎませんか
それでは
お元気
よう

麗《れい》は日本《にっぽん》の身分制度《みぶんせいど》を根底《こんてい》からくつがえそうとしているんだ！

宝島社
文庫

小説 翔んで埼玉 ～琵琶湖より愛をこめて～
(しょうせつ とんでさいたま ～びわこよりあいをこめて～)

2023年12月6日 第1刷発行

原 作 魔夜峰央
脚本・著 徳永友一
発行人 蓮見清一
発行所 株式会社 宝島社
〒102-8388 東京都千代田区一番町25番地
電話：営業 03(3234)4621／編集 03(3239)0599
https://tkj.jp
印刷・製本 株式会社広済堂ネクスト

ISBN 978-4-299-04894-3